KB187411

꽃 한 송이 하실래요

꽃
한
송이
하실래요

초판 1쇄 인쇄 2020년 7월 21일
초판 1쇄 발행 2020년 7월 28일

지은이   홍사라
펴낸이   이희철
기획   (주)엔터스코리아(책쓰기브랜딩스쿨)
편집   김정연
마케팅   이기연
북디자인   디자인홍시
펴낸곳   책이있는풍경

등록   제313-2004-00243호(2004년 10월 19일)
주소   서울시 마포구 월드컵로31길 62(망원동, 1층)
전화   02-394-7830(대)
팩스   02-394-7832
이메일   chekpoong@naver.com
홈페이지   www.chaekpung.com

ISBN   979-11-88041-31-2 03810

값은 뒤표지에 있습니다.
잘못된 책은 바꿔드립니다.

이 도서의 국립중앙도서관 출판시도서목록(CIP)은 서지정보유통지원시스템 홈페이지(http://seoji.nl.go.kr)와 국가자료공동목록시스템(http://www.nl.go.kr/kolisnet)에서 이용하실 수 있습니다. (CIP제어번호 : CIP2020023975)

홍사라 지음

불완전한
나에게
꽃이
전하는 말

꽃 한 송이 하실래요

책/이/있/는/풍/경

프롤로그

    모두가 잠든 깜깜한 밤에 내 방 책상에 앉아 프롤로그를 쓰고 있자니 지난 시간들이 머리를 스쳐 지나간다. 매일매일 무언가 만들어 내야 하는 사람으로의 파란만장했던 시간에 대한 진한 기억들, 기쁜 일도 있었고, 슬픈 일도 있었다. 그 수많은 일들이 지나가는 동안 늘 내 곁엔 꽃이 있었다. 그래서 꽃은 나에겐 '일상'이다.

    일을 할 때에는 99%의 완벽함을 추구했다. 내가 손으로 어루만져 달라진 공간을 기대하는 사람들에게 그 정도는 해야 한다고 생각했던 것 같다. 깜짝 놀랄 만한 공간으로 변화시키는 '공간의 마술사, creative director'. 플로리스트인 내가 꽃을 다루며 추구했던 이름이다. 단순히 꽃을 만지는 사람 말고, 내가 만든 공간이 그 안에 들어오는 사람들에게 하루의 고단

함을 잠시 내려놓고 편안하고 즐거운 순간이 되기를 바랐던 것 같다. 이 책은 그동안의 이야기이다. 꽃을 통해 바라본 사람들과 삶, 그 안의 작은 깨달음들을 기록하고 그린 책이다.

에필로그와 프롤로그가 무엇인지도 잘 모르는 '초보 작가'라 서툰 점이 많겠지만, 그래도 꽃에 얽힌 나의 이야기가 누군가에게는 웃음이, 또 누군가에게는 위로가 되었으면 좋겠다. 꽃 하나, 식물 하나와 함께하는 일상, 아주 작은 이 변화가 공간을 얼마나 달라지게 만들 수 있는지, 하루 동안의 내 마음을 어떻게 변화시킬 수 있는지, 그것들이 주는 '안도감'과 '편안함'을 많은 사람들이 같이 공감하고 경험했으면 한다.

내 마음 같지 않게 흘러가는 어떤 날, 내 이야기가 조용한 다독임이 되기를 바라면서.

목
차

2 언제까지나 나의
EVER MINE

3 언제까지나 우리의
EVER OURS

언제까지나

EVER THINE

당신의

1

고혹적인 그녀를 닮은 꽃
마릴린먼로

"제가 꽃을 좀 알거든요. 냉장고 보고 직접 골라도 되나요?"

"네, 보시고 고르셔도 돼요. 보시고 마음에 드시는 거 말씀해 주시면 드릴게요."

한참을 넓은 냉장고 구석구석을 쳐다보더니 제일 왼쪽 구석에 있던 하얀 꽃을 가리키며 묻는다.

"이거 작약이에요?"

슬쩍 보니 장미다.

"아닌데요, 장미예요."

'꽃을 좀 안다던' 손님의 얼굴에 살짝 당황한 기색이 보였다.

"에이, 무슨 장미가 저렇게 커요? 처음 보는 건데, 장미 맞아요? 아닌 것 같은데?"

"마릴린먼로라는 화이트 장미예요. 처음 나왔을 때 한 송이에 4만 원을 호가하던 장미였는데, 이제는 그래도 좀 보편화돼서 그렇게까지 비싸지는 않아요. 꽃도 매우 크게 피고 다 좋은데 연약한 편이라 오래가지는 않아요. 한 4~5일 보실 수 있을 거예요. 장미 중에서도 향이 엄청난데 한번 맡아 보시겠어요?"

'좀 아는' 그 고객은 어느새 '잘 모르는' 사람의 얼굴이 되어 내 이야기를 경청했다.

"네, 그러죠."

손님이 고른 장미 마릴린먼로는 다른 장미들보다 크고 풍성한 꽃 얼굴을 자랑한다. 꽃잎 한 장 한 장의 자태가 곱고 우아해서 웨딩부케로도 많이 사용된다. 이 꽃은 황금색 금발, 풍만한 몸매와 매혹적인 미소로 전 세계인을 사로잡은 배우 마릴린 먼로와 꼭 닮았다. 그래서 이름도 이렇게 지어진 것 같다.

마릴린 먼로의 인생은 사랑을 빼고 이야기할 수 없다. 그녀의 마음을 뒤흔든 남자는 여러 명이었지만, 그중 야구선수 조디마지오와의 이야기가 특히 기억에 남는다. 디마지오와 먼로는 결혼한 지 9개월 만에 헤어졌지만, 이후에도 서로를 잊지 못했다. 디마지오는 세 번째 결혼에 실패한 먼로가 음주와 약물중독에 빠졌을 때 재결합하려고 했다가, 갑작스러운 그녀의 죽음으로 좌절하고 만다. 그는 20여 년 동안 매주 그녀

언제까지나 당신의

의 무덤에 장미꽃을 바치며 그리움을 달랬다고 한다. 디마지오가 바쳤던 장미가 마릴린먼로였는지 알 수 없지만, 이 꽃만 보면 결코 잊을 수 없는 사랑의 안타까움이 느껴진다.

손님이 이야기한 작약 역시 꽃 얼굴이 크고 풍성하지만, 꽃잎의 굴곡은 마릴린먼로가 훨씬 더 매혹적이다. 작약이 동글동글 부드럽고 귀여운 이미지라면, 마릴린먼로는 성숙미를 뿜어내는 아름다운 여성의 이미지다.

마릴린먼로는 크기뿐 아니라 향이 실로 대단해서, 어떤 장미에서도 그와 같은 향을 맡아 보기는 힘들다. 매우 차별화된 향이며, 장미 향을 좋아하지 않는 나도 꽃송이에 코를 파묻고 있고 싶을 만큼 매혹적이다. 향수로 나오면 참 좋겠다 싶은데 아직까지 그런 제품을 만나 보진 못했다. 아, 절대 흉내 낼 수 없는 자연의 향.

냄새를 맡고 나니 흠칫 놀라며 고객이 말한다.

"와! 진짜 좋네요. 이걸로 주세요."

고객은 마릴린먼로 한 송이를 포장해 달라고 했다. 꽃송이가 워낙 커서 한 송이만으로도 분위기를 내기에 충분하다. 예쁘게 포장하여 건네니 고객이 품에 안으며 기분 좋게 인사했다.

"고마워요, 정말 예쁘네. 한 송이만 해도 충분하겠어요."

나도 웃으며 감사하다고 인사를 건넨다.

그가 안고 간 마릴린먼로는 오늘 누구의 마음을 설레게 할까?

눈부신 계절, 눈부신 사랑이 꽃피기를.

마릴린먼로 / 연필

"존경, 사랑"

매혹되면 안 되는 것들

튤립

"꽃다발 두 개 주세요."

말쑥한 차림의 남성분이 꽃다발을 주문했다. 보통 여러 개의 꽃다발을 주문하는 고객들은 각각의 색을 다르게 하거나 스타일을 다르게 만들어 주기를 바란다. 으레 그러려니 하고 늘 하던 질문을 했다.

"두 개 각각 다르게 해드리면 되죠?"

그는 고개를 살짝 흔들며 그러면 안 된다는 표정을 지었다.

"아뇨, 두 개 똑같이 만들어 주세요."

'어? 뭐지?'

들어가는 꽃 종류, 송이 수, 포장지까지 완전히 똑같이 해 달라는 것이다. 의아했지만 고객이 원하는 대로 만들기로 했다. 냉장고를 살펴보니 보라색 튤립 두 단이 탐스럽다. 튤립으로 만들어도 괜찮겠냐고 물은 후 쌍둥이 꽃다발을 만들어 드렸다.

튤립 두 단을 꺼내 꽃다발을 만들다 보니 한 송이 꽃이 눈에 띈다. 스무 송이 튤립 중 한 송이가 유독 색이 달랐다. 흰색과 검보라색이 세로 줄무늬로 나 있다. 색이 참 묘하다. 튤립의 자연 돌연변이 종류 중 하나인 '브레이커'다. 17세기 네덜란드의 튤립 파동을 일으켰던 바로 그 꽃.

당시 네덜란드는 유럽 최대 재정 강대국이었다. 이런 나라가 패권을 영국에 넘겨주게 된 이유가 튤립이다. 꽃의 아름다움에 매혹된 사람들이 만들어 낸 엄청난 소용돌이였다.

아시아의 식물이던 튤립은 네덜란드의 식물학자 샤를 드 레클루제에 의해 유럽에 선을 보이게 된다. 튤립은 구근(알뿌리) 식물인데 그 특성상 수를 단기간에 늘리기가 어렵고, 파종에서 꽃을 피우기까지 몇 년이라는 시간이 걸릴 만큼 까다롭다. 수요는 늘어나는데 공급이 따라가지 못하자 품귀현상이 빚어지며 가격은 말 그대로 천정부지로 치솟았다. 심지어 꽃이 피지도 않았는데, 나중에 필 것을 감안해 얼마의 가격으로 매매한다는 계약까지 성행할 정도로 튤립의 인기가 높았다.

특히 튤립의 인기를 치솟게 했던 원인이 바로 '브레이커'였다. 브레이커는 쉽게 말하면 교배 과정에서 자연적으로 혹은 인공적으로 돌연변이를 일으킨 튤립이다. 그래서 독특한 색이나 무늬를 가진 튤립을 말한다. 인공적으로 돌연변이를 일으키면 뭔가 다른 색과 형태의 튤립이 나올 거라고 예상은 할 수 있지만, 정확히 어떤 모양의 튤립을 손에 쥐게 될지는 예상할 수 없다. 그렇기 때문에 색이나 무늬가 완벽히 똑같은 튤립은 있을 수 없어 유일무이하다. 예상해서 재배할 수도 없고 로또 같은 운에 의해 손에 쥐게 되는 이런 브레이커 구근은 지금의 가격으로 환산하자면 1억이 훌쩍 넘는 값에 거래되기도 했다. 이름도 '○○○제독', '○○○장군' 등 대단한 이름이 붙여졌다. 그중에서 튤립 애호가들이 함성을 지를 만큼 감탄한 꽃은 '센페이 아우구스투스(영원한 황제)'라는 이름의 튤립인데, 붉은 보랏빛과 흰색 줄무늬가 섞인 꽃이었다. 오늘 내가 만난 꽃과 비슷한.

이렇게 튤립이 인기를 얻자 애호가나 부자뿐만 아니라 일확천금을 노리는 일반 상인, 농민까지도 이 열풍에 동참하게 된다. 묻지마 투자가 과열되면서 살인과 도주, 싸움 등이 난무했다. 결국 네덜란드 정부의 개입으로 이 광풍이 일단락되게 된다. 꽃의 아름다움과 사람들의 욕심이 한 데 뭉쳐 생긴 전대미문의 사건이다.

묘한 분위기를 풍기던 그분은 계산을 하고는 배송을 부탁한다며 주소를 적어 주고 떠났다. 각기 다른 집의 다른 사람에게로.

아, 그러고 보니 이제 기억이 난다. 매년 화이트데이 즈음이면 오시던 손님이었다. 자주 들르던 또 다른 고객에게 듣기로는 결혼은 오래전에 했는데 부인 말고 다른 여자가 생겨 두 집 살림을 한 지는 좀 되었다고 했다. 사업을 하는 사람이고, 돈이 좀 많고, 양쪽 가정에 모두(?) 충실한 사람이란다. 그래서 꽃이 아니어도 선물을 할 때는 똑같은 걸로 두 개를 구매해 같은 날 선물을 보낸단다. 그래야 헷갈리지 않고 실수하지 않는다나.

우리는 지루한 일상에서 마주하는 유혹에 쉽게 "노(No)!"라고 거절하지 못한다. 유혹과 맞닥뜨릴 때면 안 되는 줄 알면서도 '한 번쯤 뭐 어때' 하는 생각을 거부하기 힘들다. 매혹적인 것들은 한번 빠지면 헤어 나오기 어렵다. 그리고 제때에 빠져나오지 못하면 대개 마지막은 좋지 못하다. 튤립의 아름다움에 취해 전쟁 아닌 전쟁이 일어났던 17세기에도 그랬고, 일상이 지루하다든가 또는 다른 이유로 두 개의 튤립 꽃다발을 산 그 손님도 그렇지 않을까.

그날 온 고객이 어떤 결말을 맞게 되었는지 나는 알지 못한다. 그러나 아무리 시간이 흘러도 변하지 않는 게 있다면 사람의 끝없는 욕심, 그리고 유혹을 뿌리치기 힘든 사람의 마음이 아닐까.

"사랑의 고백, 매혹, 영원한 애정, 경솔"

당신을 사랑해요,
비록 당신이 날 사랑하지 않아도

아네모네

　　배신. 속절없는 사랑. 기다림.

　　사랑의 허무함. 이룰 수 없는 사랑.

　　사랑의 쓴맛.

　　제 곁에 있어 줘서 고마웠어요.

　　나는 당신을 영원히 사랑할 거예요, 비록 당신이 날 사
　랑하지 않더라도.

　이 모든 말은 아네모네의 꽃말이다.

　아네모네라는 꽃 이름은 '바람'이라는 의미의 그리스어인
'아네모스(Anemos)'에서 유래되었다. 이 꽃은 사랑의 여신 아
프로디테가 사랑했던 아도니스가 죽을 때 그 피에서 피어났
다고 한다. 아네모네는 탄생에 얽힌 이야기처럼 꽃말이 대부
분 비극적이다.

사랑의 여신 아프로디테는 에로스라는 아들이 있다. 에로스는 사랑의 화살을 가지고 있어 누구건 사랑에 빠지게 할 수 있는 마력을 가진 악동 같은 신이다. 에로스는 황금 화살과 납 화살 두 가지 종류의 화살을 갖고 있는데, 황금 화살을 심장에 맞은 사람은 그 순간 처음 만난 사람에게 사랑을 느끼게 되고, 납 화살을 심장에 맞은 사람은 처음 만난 사람을 거부하는 마음을 갖게 된다.

　아프로디테는 아들인 에로스의 황금 화살에 심장을 찔리게 되고, 젊은 청년 아도니스를 보고 사랑에 빠진다. 미의 여신이기도 한 아프로디테가 사냥꾼 아도니스와 함께 숲을 누비기 위해 허름한 사냥꾼 복장도 마다하지 않을 만큼 둘은 열렬히 사랑했다. 그러던 어느 날 아프로디테가 잠시 아도니스와 떨어져 지내야 하는 시간이 생겼다. 그녀는 아도니스가 숲을 누비다 야생짐승에게 당할까 불안한 마음에 오늘은 사냥을 나가지 말라는 부탁을 하고 떠난다. 하지만 아도니스는 아프로디테의 말을 듣지 않고 사냥을 나가게 되고, 결국 멧돼지에게 목숨을 잃는다. 가던 길을 멈추고 돌아온 아프로디테는 싸늘한 주검이 된 아도니스를 마주하고야 말았다.

　비탄에 빠진 아프로디테는 아도니스가 흘린 피 위에 넥타르라는 신들의 술을 뿌린다(넥타르는 그리스 신화에 나오는 신들의 술로, 이 술은 신들을 죽지 않게 지켜 주는 묘약이다). 넥타르를 뿌리니 하얀 거품이 일고 그 속에서 핏빛 꽃이 피어났는데, 그 꽃이 바로 아네모네다. 그 후로 아프로디테는 아도니스가 죽은 날이면 붉은 꽃을 피게 하고, 그 꽃을 바라보며 아도니스를 생각했다.

실제로 아네모네는 매우 화려하게 피지만, 젊은 날 목숨을 잃은 아도니스처럼 금방 시들어 버린다. 생명력이 다해 시들어 가는 아네모네의 꽃잎은 바깥쪽부터 찬란했던 색이 빠져 회색빛이 돈다. 아네모네의 꽃잎은 매우 얇고 투명하다. 조금이라도 더워지면 순식간에 활짝 피어서 화려한 색을 보여 주고는 금세 꽃잎의 색이 탁하게 변하고 꽃잎이 처지며 시들고 만다.

신화 속의 이야기지만 인간의 사랑도 어떤 면에서는 크게 다르지 않은 것 같다. 어쩌다 큐피드의 화살에 맞은 것처럼 동시에 사랑에 열렬히 빠졌다고 하더라도, 사랑이 끝나는 시간은 대부분 같지 않다. 둘 중 한 사람의 사랑이 먼저 끝나는 경우가 훨씬 많으니까.

먼저 사랑에 안녕을 말한 사람은 이별을 미리 준비한 것일 테지만, 이별의 순간이 올 줄 몰랐던 상대방은 아직 사랑이 남아 있기에 그 순간을 받아들이기 힘들다. 아직 남은 사랑이 갈 곳을 잃고 방황하며 마음 저린 시간을 오롯이 견뎌 내야 한다. 그때의 사랑은 단순히 사랑만이 아니라 그리움과 미움,

두려움과 철저히 혼자인 외로움을 동반한다.

사랑만큼 인간에게 강렬하고 떨쳐 내지 못하는 감정이 또 있을까. 머리로 생각하는 대로 움직일 수 없고, 실체가 보이지 않는 사랑에 맹목적일 수밖에 없는 나약한 인간의 마음. 불꽃같이 아름답지만 화르륵 타고 나면 잿더미가 남는 장작처럼, 사랑은 다루기 쉽지 않은 감정이다.

어린 날, 친구가 한 남자와 사랑에 빠졌다. 첫사랑이라 더 특별했던 그 남자와 잘 지내는 듯했는데, 불행히도 내 친구와 그는 사랑이 끝나는 시간이 서로 달랐다. 언젠가부터 점점 달라져 가는 냉랭한 말투와 관심 없는 표정, 귀찮다는 듯한 제스처에 내 친구는 하루가 다르게 지쳐 갔다. 머리로는 더 이상 아니라는 걸 알고 있었지만 생각대로 움직여지지 않았다. 알고 보니 그에게는 새로운 연인이 생겼고, 결국 친구는 그와 헤어지고 말았다. 다른 선택지가 없었으니까.

친구는 그 후로 오랫동안 정리되지 않는 마음에 많이도 힘들어했다. 매일매일 그와의 추억을 곱씹고, 소주 한잔과 함께 신세 한탄을 들이켰던 기억이 난다. 친구의 마음은 아도니스처럼 깊은 상처를 입어 피가 흐르는 것 같았다. 사랑은 달콤한 만큼 잔인하고, 상처를 깊게 남긴다.

사랑이 마음대로 되지 않거나 불안해지면 이런 생각을 했

아네모네 / 수채

"나는 당신을 영원히 사랑할 거예요,
비록 당신이 날 사랑하지 않더라도."

던 것 같다. 처음 태어날 때부터 사랑의 작대기처럼 미리 정해져 있으면 좋을 텐데 하는 생각. 그러면 그 사람이 내 마음과 같을까 마음 졸일 필요도 없고, 이미 연인이 있는 사람을 사랑하게 될 일도 없을 거고, 무엇보다 난 아직 그대로인데 상대방의 사랑이 끝나 가는 게 눈에 보일 때의 절망감도 없을 테니까 말이다. 사랑이 그 단어 그대로 늘 아름답기만 하면 얼마나 좋을까.

아네모네의 꽃말인 '제 곁에 있어 줘서 고마웠어요'처럼 과거형으로 맺어야 하거나, '나는 당신을 영원히 사랑할 거예요, 비록 당신이 날 사랑하지 않더라도'처럼 집착적인 미래형으로 끝나지 않을 순 없을까. 영원할 수 없더라도 이기적이지 않은, 그런 예의 있는 사랑 말이다.

아무리 많은 사람을 만나도, 사랑을 여러 번 반복해도, 나이가 들어 가도, 사랑은 참 쉽지도 익숙해지지도 않는 것 같다.

세상 최고의 행복함

조팝나무

"우와!"

무겁게 닫힌 대연회장의 문을 열고 들어가는 하객들의 탄성이 쏟아진다. 전혀 다른 세계로 들어가는 문을 연 것 같은 표정을 먼발치서 뿌듯하게 바라본다. '또 하나 잘 해냈구나' 하는 안도감과 직업적인 성취감 같은 것이랄까. 며칠간 긴장했던 마음이 언제 그랬냐는 듯 한결 가벼워진다.

예식이 열리는 연회장 전체를 조팝나무로 장식했다. 버들 가지처럼 얇고 긴 가지들에 작은 꽃이 수백, 수천 송이씩 달려 하늘거리는 나무. 조팝나무들로 장식한 홀은 너무나 아름답다. 유연하고 우아한 가지들 위로 흐드러지게 피어 있는 알알이 작은 꽃들이 바라보기만 해도 황홀하다. 바람이 없어도 바람에 나부끼는 것 같은 착각이 들 정도로 자연스러운 아름다움을 뿜낸다. 조팝나무와 함께 은은하게 반짝이는 양초까지 넉넉하게 배치하면 여기는 더 이상 한국이 아닌, 봄날 어디 화보에나 나올 법한 외국의 도시에 와 있는 것 같은 착각을 불러일으킨다. 하객들이 자아내는 탄성을 보니 역시 조팝이다 싶다.

공기에 봄 내음이 실리면 아래쪽 지방에서는 산이나 길가에 있는 조팝나무에 꽃망울이 몽글몽글 달린다. 알알이 조그만 꽃들이 모여 풍성하고 따뜻한 자태를 자아낸다. 조팝나무로 웨딩홀을 장식하는 건 봄에 결혼하는 사람들이 누릴 수 있는 특권이다. 3~5월 사이에만 나오기 때문에, 어떤 신부들은 조팝나무 아래서 결혼하고 싶어 봄의 신부가 되려고 할 만큼 인기가 있다.

눈이 소복하게 쌓인 모양이라고 해서 눈싸리꽃이라고도 하는 이 나무는 발음할 때 약간의 주의를 요한다. '조팝'이라는 단어가 조금만 잘못 발음하면 심한 욕처럼 들릴 수 있기 때문이다. 꽃에 대한 설명을 했을 뿐인데, 놀란 토끼 눈을 하고 나를 바라보는 시선을 받은 적이 종종 있다. 어쨌든.

조팝나무로 장식을 하다 보면 온 천지가 2mm도 안 되는 꽃잎으로 뒤덮인다. 아무리 조심을 하면서 작업한다고 해도, 바람이 스치기만 해도 흩날리는 이 꽃잎을 막을 방법이 없다. 사다리를 타고 작업하다 아래를 보면 마치 눈이 한가득 내린 것 같은 모양새다.

그래서 조팝 웨딩을 하는 날이면 청소를 담당하는 이모님들의 눈빛이 곱지 않다. 이 꽃을 들고 연회장 안으로 들어오면 고개부터 절레절레 흔드신다. 사방팔방 꽃잎 천지에, 컵이랑 접시에도 떨어져 청소할 때 애먹는다고 싫어하시는 눈치다. 연신 "힘드시죠, 죄송해요."라고 말씀드리며 몰래 조팝나무 가지 하나를 안겨 드린다. 예쁘긴 정말 예쁘니까 이거 보시고 잘 부탁드린다는 의미다. 청소하는 데 걸리는 시간이 만드는 데 걸리는 시간과 맞먹을 만큼 잔손이 많이 가지만 그만한 보람을 되돌려 주는 꽃이다.

보기에 예쁜 떡이 먹기에도 좋다고, 조팝나무 추출물은 아스피린 최초의 원료이기도 하다. 아스피린이라는 이름 자체가 조팝나무의 속명 '스파이리어(Spiraea)'에서 유래되었다. 이렇게 보기도 예쁘고, 전 세계에서 열일하는 이 나무의 꽃말은 아이러니하게도 '하찮다', '헛수고'이다. 조팝꽃 한 송이만 놓고 보면, 장미나 작약처럼 커다랗고 화려하지 않아서 이런 꽃말을 가지고 있는 걸까? 내가 봐온 조팝나무는 전혀 그렇지 않은데 말이다.

조팝나무라는 말이 생긴 유래는 몇 가지 설이 있다. 쌀 알갱이를 알알이 튀겨 놓은 것 같다고 '조밥' 나무라고 부르던 것이 강하게 발음하다 보니 조팝나무로 불렸다는 설과, 멀리서 보면 들판에 좁쌀 같아 보여서 그렇게 불렀다는 설이 대표적이다. 배가 고파 굶주리던 시절 곡식인 줄 알고 다가갔는데 몽글몽글 피어난 꽃이라서 드는 허망함에 그런 이름이 붙은 건가 싶다.

아무리 예쁜 꽃도 어떤 마음으로 바라보는가에 따라 많이 다르다는 생각이 들었다. 반짝이는 봄날 예식에 참석한 하객

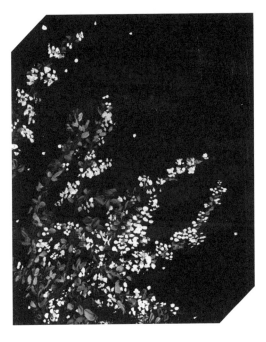

조팝나무 / 아크릴

"하찮음, 헛수고"

들은 보릿고개가 있던 배고픈 조선시대 어딘가에서 이 꽃을 보았을 때 들었던 허망함 따위는 상상도 할 수 없을 테니 말이다. 웨딩홀의 조팝나무는 원래의 꽃말이 '하찮음'이든 '헛수고'이든 상관없이 그냥 '아름답다' 내지는 '멋지다'일 테니까.

며칠이 지나 문자 한 통이 도착했다.

'조팝나무, 역시 최고의 선택이었습니다. 너무 감사합니다. 덕분에 양가 부모님께도, 하객분들께도 칭찬 많이 들었어요. 행복하세요.'

그날의 신부에게 조팝나무는 어떤 의미로 기억될까? '세상 최고의 행복함'은 아니었을까.

언제까지나 당신의

공주의 꽃
매그놀리아

저 멀리 커다란 나무 한 그루가 눈에 띈다. 아직 겨울이 다 지나가지 못해 쌀쌀함을 안고 있는 맑은 하늘 아래, 저 나무 한 그루에만 봄이 온 것 같았다. 봄의 시작을 알리는 커다란 꽃, 목련 나무였다. 영어로 매그놀리아(Magnolia)이다.

겨울이 지나가는 길목에 서 있을 때 언제나 목련 나무를 한 아름 사다가 호텔을 장식한다. 이제 조금의 시간이 지나면 따뜻한 바람이 불고 옷차림이 가벼워질 것이라고 알리는 의미다. 의외로 목련을 좋아하지 않는 사람들이 있다. 이유를 물어보니 피었을 때는 예쁜데 빨리 지고, 바닥에 떨어지면 금세 변색되어 지저분하게 굴러다녀서 그렇단다. 하지만 나는 목련을 참 좋아한다. 봄꽃 중에 손에 꼽히게 좋아하는 꽃이다.

목련은 겨울을 품고 이겨내며 꽃을 피우기 때문에 꽃봉오리는 추위에 꽃잎을 보호하기라도 하려는 듯 솜털로 가득 덮여 있다. 아직 추워서 잎사귀도 채 나지 못한 갈색의 나뭇가지에 하나씩 꽃봉오리가 작게 달리기 시작하고, 천천히 조금씩 꽃봉오리가 커진다. 그러다 어느 날 폭죽을 터뜨리듯 하얗고 붉은 커다란 꽃으로 나무를 뒤덮는다.

목련에서만 나는 특유의 향이 있다. 나뭇가지가 꺾이면 그 잘린 면 사이에서도 좋은 향이 난다. 풋풋하지만 알 수 없는 고급스러움이 묻어 있는 그런 향이다. 그래서인지 시중에 매그놀리아라는 이름의 향수가 많다. 비록 자연의 목련 향과는 많이 다르지만 말이다.

목련(木蓮)의 한자는 '나무 목(木)'에 '연꽃 연(蓮)'을 쓴다. 나무 위에 피는 연꽃이라는 말이다. 참 로맨틱하다. 실제로 목련은 꽃이 크고, 화려함과 소박함을 동시에 갖추고 있어 물 위에서 피어나는 연꽃과 닮았다는 생각이 들기도 한다.

목련은 크게 백목련과 자목련으로 나뉘는데, 백목련은 '이루지 못할 사랑'이라는 꽃말을, 자목련은 '숭고한 사랑'이라는 꽃말을 가지고 있다(목련 자체의 꽃말은 고귀함, 숭고함이다). 이런 목련에 얽힌 이야기가 있다.

먼 옛날, 옥황상제가 무척이나 아끼던 하얗고 고운 얼굴에 마음씨마저 비단결인 공주가 살고 있었다. 공주가 혼인을 할 나이가 되자 수많은 사람들이 공주와 결혼을 하기 위해 줄을

섰다. 하지만 공주의 마음에 드는 사람이 없었고, 그 모습이 걱정되던 옥황상제가 공주에게 물었다.

"이제 혼인을 할 나이가 되었는데 마음에 두고 있는 사람이 있느냐?"

공주는 사실 마음에 두고 있는 사람이 있었지만, 아버지의 마음에 들지 않을 것을 알기에 말하지 못하고 머뭇거리다 어렵게 말을 꺼냈다.

"실은 북쪽 바다에 있는 신을 흠모합니다."

이 말을 들은 옥황상제는 불같이 화를 냈다. 그도 그럴 것이 북쪽 바다의 신은 성질이 불같고 사납다고들 하니 아버지로서 반대할 수밖에 없었다. 공주는 아버지를 설득해 보려 했지만 결국 실패했고, 어쩔 도리가 없자 궁을 몰래 빠져나온다. 몇 날 며칠을 고생하며 북쪽 바다의 신을 찾아간 공주는 찾아가면 사랑이 이루어질 거라 생각했지만, 그에게는 이미 아내가 있었다.

북쪽 바다의 신은 그녀의 사랑을 받아 줄 수 없었다. 아버지의 명을 거역하고 찾아간 그녀에겐 참을 수 없는 비극이었고, 더 이상 살아갈 이유가 없었다. 결국 공주는 차디찬 북쪽 바다에 몸을 던져 스스로 목숨을 버린다. 후에 이 사실을 알게 된 북쪽 바다의 신은 공주의 시신을 양지바른 곳에 묻어 주고 자신의 아내를 독살해 그 옆에 묻은 후 평생 홀로 외롭게 살아간다.

이 모든 사실을 알게 된 옥황상제는 몹시 슬퍼하며 두 여인의 넋을 위로하고자 무덤 위에 꽃을 피웠는데, 공주의 무덤에서는 하얀 목련이, 북쪽 바다의 신의 아내가 묻힌 곳에서는 붉은 목련이 피어났다고 한다. 백목련이 '공주의 꽃'이라고도 불리고, 같은 목련임에도 백목련과 자목련이 다른 꽃말을 지닌 것은 아마 이런 연유 때문인 것 같다.

신기한 것은 목련의 꽃봉오리를 자세히 보면 한쪽으로 조금씩 휘어져 있는데, 그 방향이 모두 북쪽을 가리키고 있다는 점이다. 대부분의 꽃은 해를 바라보고 자라기 때문에 남쪽을 향해 피기 마련인데, 특이하게도 목련은 하나같이 북쪽만 바라본다. 그래서 붙은 애칭이 '북향화'이다.

위에서 말한 이야기야 그냥 흔히 내려오는 전설 정도로 생각하면 그만인데, 목련 꽃봉오리의 방향을 보면 왠지 정말 있었던 일인가 싶기도 하다. '공주의 꽃'이라 불리는 백목련도 북쪽 하늘을 보고 피어난다. 북쪽으로 얼굴을 돌리고 있는, 그

곳만을 바라보고 달려갔던 공주의 모습을 보는 듯해 아련하기까지 하다.

자신을 찾아 먼 길을 온 공주를 냉정하게 거절한 북쪽 바다의 신처럼, 아직 차가운 바람이 매섭게 부는 겨울의 끝자락, 목련은 그래도 상관없다는 듯 화려하게 자신을 피우고 봄이 채 오기 전에 꽃잎을 떨어뜨린다. 누군가는 떨어진 꽃잎 색깔이 바래고 더러워져 싫다고 말하겠지만, 그럼에도 나는 여전히 목련이 좋다. 서늘한 기운이 남아 있는 땅을 자신의 몸으로 덮어 주듯, 서늘한 땅을 자신만의 색으로 물들이면서, 이전의 화려한 모습을 미련 없이 버리는 그 모습이 좋다.

목련 꽃은 피고 지는 데 걸리는 시간이 짧아서, 목련 나무를 잘라 공간을 장식하는 일은 손이 많이 가고 신경도 많이 쓰인다. 하지만 난 겨울이 돌아가는 길목에 서면 버릇처럼 목련으로 공간을 채운다. 비록 내가 장식해 둔 목련을 바라보는 모든 사람이 이런 이야기를 안다거나 좋아하지는 않겠지만, 그래도 내 마음속의 목련 이야기를 풀어내듯이 말이다. 가끔은 천덕꾸러기 취급을 받는 목련이지만, 많은 사람들이 목련의 속 깊은 아름다움을 바라봐 주면 좋겠다는 생각으로.

매그놀리아 / 펜＋수채
"고귀함, 숭고함"

기다리면 봄은 온다

화살나무

추운 겨울 거리를 지나가다
볼품없이 서 있던 말라붙은 나무를 만났다.
아, 이 나무!

나무 중에 화살나무라는 특이한 이름의 나무가 있다.

가로수로도 가끔씩 만날 수 있는데, 겨울철이 되면 거칠고 투박한 모습 때문에 사람들은 쉽게 이 나무에게 눈길을 주지 않는다. 바짝 마른 황토색 가지에, 생명력이라고는 전혀 찾아볼 수 없는 나무껍질이 덕지덕지 붙은 겉모습을 가지고 있다. 손을 가져다 대면 그 메마름에 피부가 상처 날 것만 같은, 사막 같은 건조함이 있다. 그 건조함과 날카로움이 정말 나무 화살 같아서 사람들에게 주목받지 못하고 덩그러니 서 있는 모습이 무척이나 외로워 보인다.

처음 이 나무를 접했을 때 내 머리에 가장 먼저 떠오른 생각은 이러했다.

'뭐 이렇게 투박해. 이걸로 어떻게 예쁘게 만들겠어.'

한숨부터 나왔다. 주문한 나무가 없어서 대신 나에게 보내진 볼품없는 나무.

아무런 기대도 애정도 없이 갈색 항아리에 뭉텅이로 꽂아두었다. 어떤 화분에도 어울릴 것 같지 않았고, 꽃을 하는 사람이 꽃을 차별해서는 안 되지만, 열 손가락 깨물어 조금 덜 아픈 손가락이 있듯이 그렇게 마음이 도무지 가지 않는 나무였다.

며칠이나 지났을까.

건조해 보이는 꽃이나 나무들이 그렇듯, 물을 많이 필요로 할 것 같아 물이나 주러 화살나무를 꽂아 두었던 호텔 라운지로 올라갔다. 그런데 이게 웬일인가. 내가 꽂았던 그 바싹 말라 보이던 나무는 어디로 가고, 그 자리에 말랑말랑하고 연약한 아기 엉덩이 같은 연둣빛 잎들이 가득 피어 있는 것이 아닌가!

같은 나무가 맞나 싶어 가까이 다가가 한참 들여다보았다. 가지의 눈이 있는 자리마다 생명력이 넘쳐 났다. 여전히 가지는 딱딱하게 마른 그대로였지만 잎사귀들로 풍성해서, 내가 처음 봤던 그 나무라고는 상상하기 힘들었다. 봄을 그려 놓은 듯 푸르게 변한 나무가 눈앞에 있었다.

화살나무를 보면서 불현듯 떠오른 사람이 있었다.

요즘 들어 '언니, 언니' 하며 나를 좋아해 주는 동생이었는데, 처음 만났을 때 생기라고는 도무지 찾아보기 힘들 정도로 기운이 없어 보였다. 일을 하고 싶어 찾아왔으니 최대한 밝은 모습을 유지하려 했던 것 같은데 쉽게 마음을 열지 못하고 경계하는 기색이 있었고, 퉁퉁 부어 있는 얼굴과 피곤해 보이는 눈빛에서 왠지 모를 쓸쓸함이 느껴졌다. 마치 내가 거리에서 마주친 바싹 마른 화살나무처럼 말이다. 몇 번의 만남 후에 어느 정도의 친분이 쌓이자 그녀는 그동안 겪었던 일들을 나에게 털어놓았다.

여러 모임들에서 많은 사람들을 만나면서 관계 속에서 피로함을 많이 느꼈다고 했다. 자신이 믿었던 사람이 등을 돌리기도 했고, 진심보다는 다른 숨은 목적을 가지고 접근하거나 겉으로만 웃으며 대하는 사람들을 만났던 모양이다. 그 과정에서 상처를 많이 받았고, 자기 자신을 잃어버리는 것 같은 느낌이 들었다고. 기운을 자꾸 빼앗기는 것 같다고도 했다.

그 친구의 속내를 알게 되면서 자꾸 마음이 쓰였다. 나도 그런 시간들을 지나 봤기 때문에 더 마음이 쓰였는지도 모르겠다. 그냥 이야기라도 들어 줘야겠다 싶어 내가 먼저 손을 내밀었다. 내가 할 수 있는 거라곤 좋은 곳에 데려가거나, 그녀가 하고 싶어 하는 이야기를 들어 주거나, 좋은 사람들과 만나게 하는 것밖에 없었지만, 작게나마 도움이 되었으면 좋겠다는 마음이었다. 힘들 때 정말 필요한 것은 '그냥 옆에 있어 주는 것'일지도 모르니까.

그런 시간이 6개월쯤 지났을까. 처음엔 모든 걸 어색하게, 마음을 닫아 둔 채로 있었던 그녀는 점차 달라져 갔다. 건강해졌고, 예뻐졌고, 자신감이 넘쳤고, 당당해졌다. 스스로 얼마나 노력을 했을지 안 봐도 알 수 있을 것 같았다.

처음엔 별 볼 일 없었던 화살나무가 봄을 맞이해 생기가 가득해진 것처럼, 그녀는 지금 활기가 넘친다. 기가 다 빠져나간 것 같은 얼굴이었는데, 몸과 마음이 회복되면서 생기가 돌아오기 시작했다.

생기 없는 나무에서 연약하지만 잎사귀가 올라오듯, 사람도 가끔씩 인생에서 힘든 시간을 맞닥뜨리곤 한다. 비록 그 상황이 내가 원하지 않던 방향으로 흘러가거나 절망적이어서 견디기 아플지라도, 어느 정도의 시간이 지나면 결국 그렇게 싹을 틔운다. 대부분의 나무들이 겨울의 동면기를 제대로 거쳐야 꽃을 피울 수 있는 것과 같은 원리가 아닐까.

그녀의 얼굴에 봄이 돌아온 것을 보니 바라보는 것만으로도 참 기쁘고 행복했다. 원래부터 그 안에 있었던 푸르름이 겉으로 드러나게 되어 참 다행이었다.

나도 삶의 곳곳에 숨어 있는 넘기 힘든 언덕들을 만날 때면, 화살나무를 기억해야겠다. 장을 숙성시키듯 힘든 시기가 찾아왔을 때 그 시기를 잘 보내면 거짓말처럼 푸른 잎이 틔워지겠지…… . 겨울이 지나면 봄은 반드시 돌아오는 법이니까.

화살나무 / 연필

"냉정, 위험한 장난"

나를 태양으로 만들어 주는 사람

해바라기

나도 모르게 올려다보았다.

일을 하다 잠시 머리도 식힐 겸 산책을 나섰는데, 하늘이 너무도 푸르고 예뻐서 마치 자석이 끌어당기듯 고개를 올려 위를 바라봤다. 한참을 멍하니 바라보다 시선을 내리니 저 멀리 해바라기 군락이 눈에 들어왔다. 늦여름이 되면 길가에 해바라기들이 익어 가기 시작한다.

내 키보다 큰 해바라기들이 제법 굵은 씨알을 만들어 무거워진 머리를 들고 서 있다. 씨앗이 가득 여문 해바라기 꽃은 패나 무거워 보이는데도 늘 시선을 태양에 고정한다. 무거운 머리는 문제가 되지 않는 것 같다. 무엇을 그렇게도 바라보는 걸까. 파란 하늘에 뭉게뭉게 피어난 구름이 유랑하는 모습이 부러운 걸까.

마침 오늘 플라워숍에 해바라기가 한가득 들어왔다. 이 계절을 놓치고 싶지 않기도 했고, 바라보는 것만으로도 활기찬 해바라기를 가까이하고 싶어서다. 난 여러 다발의 해바라기를 골랐다.

일반적으로 해바라기라고 하면, 큰 얼굴 가운데 씨앗이 송송 박혀 있고 그 둘레를 따라 노랗고 작은 잎이 뺑 둘러 있는 모양이다. 보통 우리가 길가에서 흔히 만나는 해바라기가 이런 모습이다. 일반적인 해바라기도 물론 예쁘지만, 내가 사랑하는 해바라기는 따로 있다.

'테디베어.'

곰인형 이름이 아니라 해바라기의 한 이름이다. 보통 해바라기의 씨앗이 있는 가운데 부분에, 테디베어 해바라기는 가늘고 짧은 꽃잎들이 가득 채우고 있다. 얼굴 전체가 노란 꽃잎으로 덮여 있는 셈이다. 이름을 누가 지었는지, 보기만 해도 보드랍고 포근한 곰인형의 배와 이 꽃은 기막히게 잘 어울린다. 처음 테디베어 해바라기를 만났을 때 이름을 듣고는 나도 모르게 입꼬리가 올라갔다. 너무 딱 맞는 이름이라서.

해바라기는 영어로는 선 플라워(Sunflower), 학명으로는 헬리안투스(Helianthus) 속이다. (식물의 분류체계는 계층구조를 이루고 있다. 일반적으로 생물을 공통적인 특징으로 단계적으로 묶어 작은 범주에서 큰 범주로 계층구조를 나타낸 것으로, 가장 하위 단계인 '종'부터 가장 상위 단계인 '역'까지 8단계가 있다. '계→문→강→목→과→속→종' 순으로 포함 범위가 좁아진다.) 태양을 뜻하는 '헬리오스(Helios)'와 꽃을 말하는 '에이디스(Athis)'가 만나 지어진 이름이다. 해를 따라 스스로 방향을 바꾸는 태양의 꽃인 셈이다. 보기 어렵다거나 귀한 꽃은 아니지만 많은 사람들에게 여전히 사랑받는 꽃이다.

해바라기의 꽃말 중에는 '기다림', '일편단심'이라는 말이 있다. 그래서인지 해바라기를 보면 생각나는 사람이 있다. 매사에 열심이고 놀기도 참 잘 놀던 친구다. 군대에서 복무 중일 때 당시 유행했던 '엄정화 춤'으로 포상휴가를 나올 정도였다.

그 친구는 참 사람을 잘 챙겼다. 남자들이 말하는 '의리의 리'도 있고, 사람의 마음을 바라볼 줄 아는 속 깊은 면이 있었다. 나는 그와 동아리 활동을 하면서 자연스럽게 친해졌고, 십수 년이 지난 지금까지도 여전히 친구다.

지금도 사는 게 팍팍하다 느껴질 때면 이 친구 생각이 난다. 마음대로 되지 않던 연애나, 힘들었던 인간관계, 사소하게 마음 쓰이는 일들이 생기면 같이 술 한잔 기울이고, 영화를 보러 가고, 목이 쉬도록 노래를 불러 대고, 여행길을 만들어 가며 마음을 달래 준 기억이 많다.

한번은 이런 일도 있었다. 내 마음과는 상관없이 끝이 나버린 연애에 마음이 너덜너덜했던 어느 겨울날, 이 친구를 만났다. 그날 우리는 밥을 먹고, 술을 마시고, 노래방에서 노래를 신나게 불렀다. 그 친구는 터보의 〈회상〉을 목청껏 불렀는데 노랫말을 들으면서 겨울 바다가 보고 싶어졌다.

"아~ 바다 보고 싶다."

"가자."

이미 자정을 넘긴 시간이었지만, 그 친구는 나를 겨울 속초 바다로 데려갔다. 도착하니 해가 뜰 시간이라 그렇게 보고 싶었던 겨울 바다와 그 위로 떠오르는 태양을 볼 수 있었다. 어찌나 아름답던지. 지나간 사랑에 아팠던 내 마음이 파도와 함께 밀려가는 것 같았다.

눈이 많이 내려서 돌아오는 길이 꽁꽁 얼어붙어 있었고, 오는 길 내내 밤새 운전하느라 졸렸을 텐데 힘든 내색 없이 여러 가지 이야기를 유쾌하게 들려주던 그 친구의 밝은 웃음이 생각난다. 정말 내게는 잊지 못할 겨울밤이었다. 그때도 그 후로도, 그리고 지금까지도.

여전히 그 친구는 내가 힘들 때면 언제든 내 곁에 있어 준다. 내가 어떤 말을 하든, 어떤 잘못을 했든, 늘 내 편인 일편

"기다림, 일편단심"

단심. 늘 주는 것 없이 받기만 해서 고맙고 미안한 내 친구.

　나를 태양으로 만들어 주는, 해바라기를 많이 닮은 그 친구가 갑자기 그리워졌다. 핸드폰을 열어 문자를 보낸다.

　잘 지내지? 언제든 또 만나자.

너는 내게 살아 있는 꽃이야

알스트로에메리아

하얀 눈이 내리던 날이었다.

그해 첫 번째로 내리던 눈.

정신없이 일을 마무리하고 기차에 올랐다.

떨리고 설레고 불안한 마음이 들던 새벽.

병원에 도착하고 얼마간의 시간이 흐르고 나서 세상에 처음 나온 작은 아이를 만났다. 나의 첫 번째 조카, 부서질 듯 작고 예쁜 여자아이.

태어난 지 몇 시간도 안 된 아이와 눈을 마주치니 그 아이가 내게 웃음으로 화답을 한다. 만나서 반갑다는 듯, 세상에 내려와 처음으로 인사를 나눈다며 방긋 입꼬리를 올리는 모습이 그날 내린 흰 눈보다 아름다웠다. 새로운 생명을 처음 맞은 내 기분 탓이었는지, 온 세상에 내리는 눈이 마치 꽃비가 내리는 것처럼 보였다.

언제까지나 당신의

소아과 의사이자 아기의 엄마인 동생은 그런 내가 어이없다며 신생아는 눈을 맞추지 못한다고 했다. 게다가 아직은 눈이 완벽하게 발달한 상태가 아니기 때문에 세상이 온통 흑백으로 보일 거라고, 마치 안개가 자욱이 낀 그런 광경일 거라고 설명해 줬다.

까맣고 한없이 깊던 눈동자. 벅차오르고 감격스럽기도 한 세상의 모든 감정이 스쳐 지나갔다. 하얀 눈이 바람같이 날리던 11월의 어느 날, 우리는 그렇게 처음의 순간을 마주했다.

나는 어떤 감동적인 일이 생기면 어울리는 꽃을 생각한다. 그렇게 꽃을 대입시키는 것이 내게는 자연스러운 일이고, 그렇게 생각해 두면 다음에 맡게 되는 이벤트에 적용하기도 좋아서 생긴 일종의 버릇이다. 오늘같이 의미 있는 날 무슨 꽃을 선물할까? 잠시 생각하다 결정했다.

알스트로에메리아(Alstroemeria).

11월은 여름과 가을이 지나고 겨울이 다가오는 계절이라 꽃 값이 비싸지고 선택할 수 있는 꽃의 종류도 많이 줄어드는 달이다. 그런 초겨울에도 색색깔의 아름다운 모습을 뽐내는 꽃이 바로 알스트로에메리아다. 겨울의 길목에서 만날 수 있는 귀한 꽃이지만, 우리나라에서 재배가 가능해 합리적인 가격대를 형성하고 있어 일반 플라워숍에서도 쉽게 만날 수 있다.

조금은 두껍고 기다란 줄기를 따라 올라가다 보면 몇 가닥으로 갈라져 있는데, 이 갈라진 줄기 끝마다 고깔모자를 거꾸로 둔 것 같은 꽃이 피어 있다. 처음에는 앙다문 모습이었다가 한 송이씩 활짝 피는데, 한 줄기에도 여러 꽃송이가 달려 있어 한 대만으로도 충분히 좋은 선물이 될 만한 그런 꽃이다.

이름이 길어 그냥 '알스트로'라고도 부르는 이 꽃은 유래가 참 예쁘다. 18세기에 남미에서 활동하던 스웨덴 선교사 한 사람이 멀리 떨어진 이국땅에서 이런저런 힘든 일이 있을 때마다 꽃을 보며 위로를 삼았다. 그는 귀국할 때 이 꽃을 고국으로 가지고 왔고, 그 꽃은 유럽에서 사랑받는 꽃이 되었다. 그 남자의 이름은 알스트로머(Alstromer). 알스트로에메리아라는 꽃 이름은 그의 이름에서 따온 것이다. 꽃말은 '새로운 만남'이다. 지구별에 처음 내려온 내 조카, 이 작은 생명체와의 만남을 축복하기에 참 적절한 꽃이 아닐까 싶다.

살아가다 마주하게 되는 인생의 크고 작은 벽 앞에서 힘들어질 때, 알스트로머가 알스트로에메리아 꽃을 보고 위안을 삼았듯이, 나는 이 아이를 보며 긍정적인 힘과 웃음을 얻게 되지 않을까 하는 생각이 들었다. 이보다 완벽한 조합이 또 어디 있을까.

조카가 태어난 지 두 해가 지났고, 올해도 어김없이 조카가 세상에 모습을 드러낸 날은 눈이 내렸다. 마음이 조금 지치고 힘든 날이면 조카를 보러 간다. 이제는 말도 제법 잘하고 애교도 많은 잘 웃는 아이라 조카를 보고만 있어도 마음이 눈 녹듯 스르륵 녹는다. "이모, 많이 사랑해."라며 뽀뽀를 건네는 사랑스러운 아이. 헝클어져 있던 정신과 마음은 순간 지난 일이 되어 버리고 다시 일어서서 나아갈 힘을 얻는다. 그때 내가 선물했던 꽃의 의미 때문일까.

알스트로에메리아 / 수채+색연필

"새로운 만남"

내게 알스트로에메리아라는 꽃을 바라보는 것과 내 조카를 바라보는 것은 그 의미가 같다. 사람들은 누구나 인생길에서 작은 돌부리에 걸려 넘어지곤 한다. 그것은 매우 자연스러운 일이다. 누군가 새로운 생명과 처음으로 마주한다거나, 때로 가슴에 외로움과 슬픔의 비가 내리는 날에는 알스트로머처럼 알스트로에메리아를 한 송이 사서 집에 두거나 선물하면 어떨까? 조용히 꽃을 바라보다 보면 꽃이 가지고 있는 밝은 에너지에 마음이 따뜻해지지 않을까?

새로운 만남에 기쁠 때, 마음이 어지러워 혼란스러울 때도 이 꽃 한 송이가 마음에 밝은 빛을 가져다주면 좋겠다. 내게 늘 그런 것처럼.

당신을 봅니다
생강초

창밖을 바라보니 여름이 성큼 지나가고 있었다. 나무들은 색이 바래고 생기를 조금씩 잃어 가는 듯했다. 마음이 심란했다.

할아버지의 장례를 치르고 이제 겨우 며칠이 지났다. 아직은 실감이 나지 않았고, 우리 가족은 슬픔에 잠겨 있었다. 그런데도 세상은 하나도 다르지 않게, 마치 아무 일도 없었다는 듯 흘러가는 것에 허무함이 밀려오는 새벽이었다.

갈색을 드러내는 나무와 풀들 사이에서, 흰 눈이 내려앉은 것같이 밝게 빛나는 꽃나무가 눈에 띄었다. 일찍 눈이 떠져 잠도 더 이상 안 오고, 어떤 꽃인지 궁금해 아래층으로 내려가 보았다. 멀리서는 몰랐는데, 내려가 보니 생강초였다.

눈같이 하얀 바탕에 연한 녹색 줄무늬가 있는 잎사귀, 줄기를 잘라내면 쌉싸름한 향과 함께 끈적끈적하고 맑은 하얀 진액이 주르륵 흘러내리는 꽃. 줄무늬 덕인지 잎이 마치 꽃 같아서 시골에 내려가 동네를 걷다 보면 담장 아래 한 켠에 여러 그루씩 많이 심겨 있는 꽃이기도 하다. 꽃꽂이 소재로도 흔히 쓰이고, 조경에도 많이 사용되는 꽃이라 주변에서 어렵지 않게 볼 수 있다. 사람들은 아마 모른 채 지나치겠지만.

생강초 꽃을 보면서 목구멍부터 눈시울까지 차례대로 뜨거워졌다.

할아버지 댁에 가면 늘 화초가 많았다. 다 죽어 가는 꽃이며 나무를 할아버지가 관리하시기만 하면 참 신기하게도 다시 생생해지곤 했다. 죽어 가는 삶에 생명의 숨결이라도 불어넣은 듯했다. 할아버지가 어떻게 관리하시는지를 지켜보니 물을 주고 환기를 시켜 공기를 새롭게 바꿔 주고, 잎사귀를 정성스레 닦아 주고, 별로 특별한 비법 같은 것은 없어 보였다. 나와 다른 게 있다면, 더 오랜 시간 정성껏 바라보며 돌봐 준다는 것.

지금 생각해 보니 살아 있는 생명에 대한 관심과 애정의 정도가 달랐던 것 같다. 할아버지의 보살핌을 받아 새 생명을 얻은 꽃 중에 생강초가 있었다. 기력이라고는 하나도 없어 보이는 생강초를 어디선가 데려와 꽤 오랜 시간 동안 정성껏 돌봐 주신 모양이다. 한 달인가 지난 후 만난 생강초는 예전에 내가 봤던 그 꽃이 맞는지 의심스러울 정도로 건강하고 힘이 있었다. 신기하기도 하고 생긴 모양새가 예쁘기도 해서, 해가 지는 오후 한참을 그 앞에 앉아 바라보았던 기억이 있다.

할아버지 상을 치르고 얼마 되지 않아 만난 생강초는 그날로 나를 데려간 듯했다. 할아버지께서 손녀가 보고 싶다며 부르신 것일까. 갑자기 한 사람이 사라진 자리의 공간이 너무 넓고 공허해 눈물이 났다.

나는 우리 집안의 맏손녀로 집안 어른들의 사랑을 독차지하고 자랐다. 특히 우리 할아버지는 무척 엄격하신 분인데 그런 할아버지가 제일 처음 무릎에 앉히고 재롱을 보았다던 아이가 바로 나다. 그래서일까. 생각했던 것보다 내가 느끼는 상실감이 꽤 컸던 것 같다.

나에게는 서글프지만 참 매력적인 소박한 꽃. 생강초의 꽃말은 '박애'다.

박애란 시대와 국가의 차이를 넘어선 인간, 인류에 대한 사랑이다. 소박한 꽃나무에 이렇게 큰 의미가 담긴 것이 이상하기도 하지만, 또 반대로 생각해 보면 이만큼 '박애'라는 단어가 어울리는 꽃도 없지 싶다. 볼수록 할아버지를 닮은 생강초.

할아버지는 주변 사람들을 존중해 주고 평등하게 대하려고 노력하시며 사셨다. 소위 명문대학을 나와서 교장선생님

까지 지냈으면 조금은 으스댈 법도 한데, 늘 검소하게 모든 것을 아껴 가며 사셨다. 그래서인지 정년퇴임하시고 돌아가시던 그날까지 제자들의 인사와 선물이 끊이지 않았다. 부모님이나 친척들에게 들은 말로는 학교를 그만 다녀야 할 정도로 어려웠던 제자들을 뒤에서 열성적으로 도우셨다고 했다. 풀과 나무를 정성껏 보살피셨던 것처럼 학생들을 대할 때에도 진심을 다해 들어 주고 바라보고 아꼈던 게 아닐까. 겉으로 드러내지 않으면서 뭉근히 챙겨 온 그 세월을 잊지 않고 찾아 주는 이들이 있다는 것도 감사했다.

생강초 / 수채

"박애"

생강초를 만나면 여전히 난 할아버지를 떠올린다.

한여름 가장 더울 때 피어나 하얀 눈을 보는 듯한 착각을 일으키는 꽃.

학명은 유포르비아 마지나타(Euphorbia marginata), 영어 이름은 스노 온 더 마운틴(Snow on the mountain). 한여름에 크리스마스를 선물하는 마음씨 고운 꽃.

만날 때마다 잠깐 멈춰 서서 바라보고 마음속으로 인사를 전한다. 감사했다고, 이제 걱정 마시고 잘 지내시라고, 언젠간 또 만날 날이 있을 거라고 말이다.

행복해지고 싶다면…
은방울꽃

2011년 4월.

전 세계 언론은 영국 왕실의 결혼식으로 떠들썩했다. 고 다이애나 비의 첫 번째 아들인 윌리엄 왕자와 케이트 미들턴의 결혼식.

그들의 결혼식은 로열웨딩인 만큼 유튜브를 비롯해 여러 채널에서 생중계가 될 만큼 화제였고, 많은 사람들이 관심을 가졌다. 어디서 결혼하는지, 케이트 미들턴이 어떤 드레스를 입는지, 어떻게 등장할 건지 하나하나가 모두 초미의 관심사였다. 나 역시 이 결혼식에 관심이 많았는데, 그 이유는 단 한 가지였다.

'누가 꽃장식을 맡아서 하고, 부케는 어떻게 만들어질까?'

웨스트민스터 사원에서 치러진 그들의 결혼식은 그야말로

성대하고, 우아하고, 화려한 세기의 결혼식이었다. 역시 로열 웨딩은 다르구나 싶었다.

그날 웨스트민스터 사원의 꽃장식은 영국 북아일랜드 벨파스트 출신의 남자 플로리스트인 셰인 코널리(Shane Connolly)가 총괄하였다. 세기의 결혼식의 부케도 그의 손에 의해 탄생했다. (그는 찰스 왕세자와 카밀라 파커 볼스의 결혼식 때도 부케를 제작했다. 영국 왕세자가 수여하는 로열 워런트(Royal Warrant)를 소지해 왕실 이벤트에 들어가는 모든 꽃을 담당했다. 로열 워런트란 영국 왕실에서 상품 혹은 서비스의 품질을 보장하는 제도로, 이를 수여받으면 그만큼 품질·서비스가 훌륭하다는 의미다.) 우리나라에 잘 알려진 인물은 아니지만 세계적으로 인지도 있는 플로리스트 중 한 명이다.

케이트 미들턴의 부케는 매우 클래식했고, 화이트와 그린으로만 이루어져 있었으며, 은방울꽃을 메인으로 아이비, 머틀, 수염패랭이꽃 등으로 만들어졌다. 영국 왕실은 결혼식에 쓰이는 모든 꽃들의 의미를 중요하게 생각해 꽃 선택에 매우 신중을 기한다고 알려져 있다. 이날 케이트가 들었던 은방울꽃의 꽃말은 '반드시 행복해집니다', '다시 찾은 행복' 등이다. 찰스 왕세자와 카밀라 여사 때에도 은방울꽃을 부케에 사용한 것을 보면 그 의미가 정말이지 결혼식에 딱 맞는 듯하다.

은방울꽃은 행운과 행복을 가져다준다고 해서 선물용으로 매우 좋지만, 우리나라 꽃 시장에서 보게 된 것은 얼마 되지 않았다. 재배조건도 매우 까다롭고 5월에 잠깐 피고 사라지는 꽃이라 몸값 또한 매우 높다. 우리나라 연예인으로는 고소영, 최지우, 송혜교 등이 결혼식 부케로 은방울꽃을 들었다. 특히 고소영의 결혼식에 사용되었을 때 은방울꽃은 당시 우리나라 꽃시장에서는 구하기 힘든 꽃이었다. 한국에서는 거의 재배하지 않기 때문에 전량 수입에 의존해야 해서 더 비쌌을 것이다. 그럼에도 꼭 그 꽃을 고집한 데는 이유가 있는 것 같다.

매우 작은 하얀 종처럼 생긴 꽃이 방울방울 가지에 달려 있는 꽃. 프랑스에서는 뮤게(Muguet)라고 불리는 은방울꽃은 동화에 나오는 요정들이 쓰는 모자를 닮았다. 향도 참 좋은데, 향이 날카롭거나 진하기보다는 순수하고 은은하며 달콤하기 때문에 고급 향수의 원료로도 자주 쓰인다.

은방울꽃의 기록은 중세시대 프랑스의 샤를 4세까지 거슬러 올라간다. 매년 5월 1일이 되면 집 안 곳곳을 은방울꽃으로 장식하고 왕, 왕비, 귀족들의 시중을 드는 시녀나 사랑하는 사람에게 선물했다는 이야기가 전해 내려온다. 현재 5월 1일은 노동자의 날이지만, 중세 르네상스 시대에 5월 1일은

언제까지나 당신의

'fête de l'amour'로 사랑의 축제일이었다. 특히 프랑스에서는
꽃이 열세 송이가 달린 은방울꽃이 행운을 상징한다고 해서,
꽃망울의 개수를 세어 소중한 사람에게 선물하기도 한다.

은방울꽃 / 연필
"반드시 행복해집니다"

몇 해 전부터인가는 뿌리가 있는 식물로도 구매할 수 있고, 꽃시장에서도 종종 얼굴을 보이지만 여전히 높은 몸값을 자랑하면서 인기가 있다. 이제는 일반 대중들에게도 많이 알려져 결혼식을 할 때 많이 찾는 꽃이 되었지만 보관하기도 작업하기도 어려워서 여전히 일반인들이 실제로 접하기 쉬운 꽃은 아닌 것 같다. 그럼에도 작은 종 모양의 꽃과 부드럽게 휘는 연녹색의 가지, 그리고 인공적으로 만들 수 없는 은방울꽃만의 향기는 여전히 매력적이다. 절화로 구입하는 게 부담스럽다면 화분으로 곁에 두어 보는 건 어떨까? 틀림없이 행복해진다는 꽃말처럼 행운을 가져다주지 않을까?

언제까지나 당신의

꽃을 닮은 사람
클레마티스

얇디얇은 갈색 목질의 줄기에 얇은 리넨 천같이 하늘하늘한 꽃.

네 장 혹은 여섯 장의 꽃잎이 활짝 다 피면 얇은 줄기가 만개한 꽃의 무게에 살짝 휘어지며 아름다운 선을 만들어 내는 클레마티스(Clematis).

클레마티스는 장미처럼 대량으로 시장에 나오는 꽃은 아니고 몇몇 도매상가에 소량씩 입고되는 조금은 귀한 꽃이다. 살랑살랑하고 생김새가 고급스러운데 살짝 고가라, 플라워 숍에서는 비싼 꽃다발이나 꽃바구니 같은 소위 말해 가격이 좀 나가는 상품에 한두 대 정도 쓰인다.

오랫동안 도매상가와 거래를 하다 보면 특이하거나 유난히 예쁜 꽃이 들어오면 먼저 연락이 온다. 이러이러한 꽃이 들어왔는데 정말 예쁘다고. 꽃은 생물이다 보니 같은 종의 꽃이어도 각각의 생김새가 천차만별이다. 꽃은 다 예쁘지만 굳이 말하자면 더 예쁜 모양도 있고, 개성 있게 생긴 화형(花形)도 있고, 조금 덜 예쁘다 싶은 모양도 있다. 자주 거래하는 상가 부장님이 이번 클레마티스는 유난히 예쁘다면서 사진을 보내왔다. 조금 진한 연보라색인데 살짝 길게 무늬가 들어가 있고 화형이 정말 아름다워서 얼른 보내 달라고 말씀드렸다.

클레마티스는 예전에 비해서는 종종 볼 수 있지만, 그래도 아주 흔히 볼 수 있는 꽃은 아니다. 줄기가 목질화되어서 얇지만 단단한 편인 이 꽃은 덩굴식물이다. 화단이나 노지에 심을 경우에는 봄에서 가을까지 꽃이 꽤 오래가기도 하는데, 자태가 고와서인지 꽃말도 '아름다운 마음'이다.

클레마티스에는 별명이 하나 있다. '자녀의 휴식처' 또는 '여행자의 기쁨, 휴식처'이다. 왜 이런 별명이 생겼는지는 정확히 모르겠지만, 외국에서는 인기가 많은 정원수이기도 하고 산에서 흔하게 볼 수 있는 꽃이라고 한다. 휘감고 올라간 덩굴에 한 번에 정말 많은 수의 꽃을 가득 피워 사람의 시선을 머물게 하기에 그런 별명이 붙었나 싶다. 바삐 움직이다가 무심코 시선을 주게 되면 가던 발걸음을 멈추고 숨을 고르게 되니까 말이다.

클레마티스의 꽃말 때문인지 이 꽃을 보면 생각나는 분이

한 분 있다. 사람 챙기는 데는 이분 따라갈 사람이 없어 보이는, 늘 주변에 사람이 참 많은 분. 알게 된 지는 몇 년 되지 않았는데 나에겐 신기한 인연이다. 의도하지 않았는데 자리마다 자꾸 겹쳐 만나지던 사람이었다. 어딜 가든 자꾸 마주치는데 그 빈도가 너무 잦아 내 스케줄이 어딘가에 공개되어 있는 건 아닐까 싶을 정도였다. 처음엔 무심히 넘기다가 자꾸 우연이 거듭되자 둘 다 신기해서 차 한잔 나눈 것이 지금까지의 인연으로 이어지게 되었다.

그가 사람을 챙기는 방식은 참 독특하다. 엄청 잘해 주거나 시간을 많이 보낸다거나 선물을 한다거나 하는 방식이 아니다. 딱 두 가지 방식만 취한다. 하나는 따뜻한 밥을 먹이는 것, 또 하나는 잠을 자라고 말하는 것. 좀 독특하다 싶으면서도 고개가 끄덕여졌다. 둘 다 너무 기본적이고 꼭 필요한데 자주 놓치고 사는 부분이니까.

그는 자신의 인간관계에 대해 이렇게 말했다. 신기하게도 힘든 시기를 지나고 있는 사람들과 만나게 된다고. 자신이 그런 사람들을 끌어당기는 것인지 뭔지 모르겠지만 그렇게 한 명씩 한 명씩 마음 쓰여 챙겨 주고 싶은 사람들이 늘어난다고.

그러고 보니 그와 우연히 계속 만나게 된 나도 마침 이런저런 고민이 많을 때였다. 몇 년 동안 일에 극도로 몰두하다 보니 번 아웃(burn out) 상태였고, 지나치게 스트레스를 받고 있었다. 그럼에도 하던 일이 생각대로 진행되지 않아 좀 지쳐 있던 시기였다.

답답한 마음에 친한 사이도 아니었는데 특유의 편안한 분위기 때문인지 내 이야기를 늘어놓았고, 그는 나에게 밥을 사주겠다고 했다. 사람은 뜨신 밥을 먹어야 힘이 나는 법이라고. 약속한 날이 되어서 약속된 장소에서 만나 밥을 먹고 나니, 어디 돌아다니지 말고 생각도 많이 하지 말고 잠을 푹 자라며 집으로 가라고 했다. 보통은 술 한잔 하면서 뭐가 힘든지 들어 주겠다고 하는데, 그의 말이 신선하고 재미있었다. 밑져야 본전이니 집으로 돌아가 여느 때보다 일찍 잠자리에 들었다. 다음 날 아침 눈을 뜨니 무거웠던 마음이 신기하게도 조금 가벼워져 있었다.

아하. 생각해 보니 그가 사람을 챙기는 방식은 정확히 엄마의 방식이었다. 먹이고 입히고 재우는 엄마의 방식. 특별히 무언가를 해준다기보다 그냥 일상을 일상으로 이어갈 수 있도록 꼭 필요한 최소한을 신경 써주는 방식이었던 거다. 그런 특별할 것 없는 챙김이 사람의 마음을 편안하게 한다는 것도 알았다.

누군가의 '휴식처'라는 꽃말을 지닌 클레마티스가 떠오르는 이유도 그래서이다. 그는 여전히 이런 방식으로 삶에 지쳐

언제까지나 당신의

자신을 찾아온 사람들에게 휴식처가 되어 주고 있다. 덩굴 가득 꽃을 피워 울타리를 만드는 클레마티스처럼 인간 울타리로서 말이다. 거창하지 않아도 가장 따뜻한 엄마의 말을 하면서. 나도 누군가에게 이런 말을 하는 사람이 되고 싶다. '밥 사줄게.' '얼른 들어가서 아무 생각 말고 자.'

클레마티스 / 색연필

"아름다운 마음, 휴식처"

내 친구의 '한 방'

시베리아

시베리아? 러시아의 눈 덮인 산맥?

꽃과의 삶을 시작한 지 얼마 되지 않았을 때 시베리아라는 이름의 꽃을 처음 만났다. 꽃시장을 한 바퀴 돌고 있는데 유난히 강한 향에 나도 모르게 그 자리에 멈춰 섰다. '어? 이건 무슨 향이지?' 하고 두리번거리다가 만난 꽃이 바로 '시베리아'다.

그때까지만 해도 나는 백합은 그냥 다 이름이 '백합'이겠거니 했는데, 백합에도 여러 종류가 있고 이름이 각기 붙어 있다는 걸 처음 알았다. 시베리아가 그중 하나다.

새끼손가락보다 조금 얇은 진한 녹색의 대 위에 엄청나게 큰 얼굴이 두세 개씩 달려 있었다. 꽃망울만 봐도 대략 꽃이 피고 나면 얼마나 클지 예상할 수 있다. 내가 본 시베리아의 망울은 연두색이었는데, 시베리아는 꽃이 피는 시기가 다가

올수록 꽃망울 안쪽에서부터 꽃 색인 흰색이 살짝 올라온다. 꽃망울 상태에서 며칠 지나면 언제 앙다물고 있었냐는 듯 활짝 핀 하얀 꽃을 볼 수 있다. 마법처럼 '펑' 소리가 나면서 짠, 하고 등장하는 듯 갑작스럽다. 여섯 장으로 이루어진 꽃잎의 끝부분은 프릴이 달린 것처럼 구불구불하다. 바깥으로 말린 꽃잎 사이로 긴 암술이 삐죽 나와 있고 그 주변에 수술이 몇 개 있는데, 화형이 정말 예쁘다. 다 핀 꽃은 어른 주먹보다도 큰 데다가 몇 송이만 있어도 향이 매우 진해 존재감이 드러나는 그런 꽃이다.

강렬한 향을 맡다가 문득 어디선가 들은 이야기가 생각났다. 밀폐된 방 안에 백합을 가득 놓고 자면 죽는다는 얘기 말이다. 그 이야기를 처음 들었을 때는 꽤 낭만적인 죽음이라고도 생각했다. 사실인지 아닌지는 알 수 없지만 향이 이렇게도 진한 걸 보니 아마도 방 한가득 시베리아를 넣어 놓으면 그 향에 취해 정신을 못 차릴 것 같기는 하다. 그만큼 향이 강하니까. 새하얀 시베리아 꽃의 꽃말은 '순결', '변함없는 사랑'인데 이렇게나 강한 향을 뿜다니 뭔가 좀 이율배반적인 것 같기도 했다.

나에게는 이 꽃과 잘 어울리는 친구가 있다. 곧 결혼식을 앞두고 있는데, 처음에 결혼 소식을 들었을 때 적이 놀랐다.

오랜 시간 동안 남자는 거들떠보지도 않았던 터라 결혼이라니, 무슨 뚱딴지 같은 말인가 싶었다. 친구들 중 이제까지 남자친구를 한 번도 안 사귀어 본 친구는 그녀가 유일했다. 자주 모이던 친구들 네 명이 바로 약속을 잡았다. 그녀의 이야기를 듣고 싶고 러브스토리가 너무 궁금했다.

친구가 들려준 이야기는 마치 한 편의 소설 같았다. 비가 추적추적 오던 여름날, 그녀는 일이 늦게 끝나 이미 어둠이 짙게 깔린 버스정류장에 우산을 쓰고 서 있었다. 시계를 보니 버스가 끊겼을 수도 있겠다 싶었단다. 조금만 기다려 보자 하고 생각하는데, 뒤에서 어떤 남자가 말을 걸어왔다.

"제가 안경을 잃어버려서 버스 번호가 잘 안 보이는데, 죄송하지만 ○○○ 버스 오면 알려 주실 수 있나요?"

친구는 그러겠다고 대답하고는 함께 버스를 기다렸다. 그런데 20분이 넘도록 버스가 오지 않자 아무래도 버스가 끊긴 것 같으니 택시를 타야겠다고 생각했다. 하지만 '안경이 없어 눈이 잘 안 보이는 남자'가 마음에 걸려 "버스는 끊긴 것 같으니 택시 타시는 게 좋겠어요"라고 말을 건넸다.

친구가 택시를 잡으려다 남자가 말했던 버스 번호가 자신의 집 방향을 지나는 걸 알고 남자에게 목적지를 물었고, 같은 아파트 단지에 사는 사람이라는 걸 알게 되었다. 함께 택시를 타자고 권유해 집에 도착했는데, 남자는 수줍은 듯 말을 건넸다.

"사실 제가 가방을 잃어버려서요. 죄송하지만 택시비를 내주시면 내일 제가 꼭 보내 드릴게요."

알고 보니 그 남자는 핸드폰과 지갑이 들어 있는 가방을 통째로 잃어버려서 옴짝달싹 못 하던 상태였던 것. 친구는 너무 미안해하며 "꼭 밥 사드릴게요" 하던 남자에게 자신의 전화번호를 알려 주었고, 다음 날 정말 그에게서 연락이 왔단다. "밥 한번 사드릴게요" 했던 그 남자는 이제 친구의 신랑이 되었다. 한 번의 운명 같은 만남이 평생의 연으로 이어지다니. 정말 인생은 '한 방'인가 싶어 친구들끼리 웃음을 터뜨렸다.

이 친구의 결혼을 축하하는 의미로 나는 시베리아 꽃을 선물하기로 마음먹었다. 꽃말처럼 오래오래 영원히 '변함없는 사랑'으로 행복하기를. 그 꽃말처럼 그렇게 살아가기를.

시베리아 / 수채
"순결, 변함없는 사랑"

로망이 되다

호텔 플로리스트

✤ ✤ ✤

플로리스트. 듣기만 해도 멋질 것 같은 직업이다. 그리고 나는 정말 운이 좋게도 국내 아주 좋은 호텔 두 곳에서 플라워 전반을 책임지는 실장으로 일했다.

호텔 플로리스트는 일반 꽃집의 플로리스트와는 다르다. 겉으로 보이는 화려한 모습과는 다르게 알아 두어야 할 것도, 익혀야 할 기술도 많다. 호텔 플로리스트가 꽃만 꽂을 줄 알아서는 경쟁력이 0이다. 우아해 보이는 직업이지만 실은 1부터 100까지의 일을 두루 할 줄 알아야 한다.

기본적으로 플로리스트의 업무 영역은 일반인이 잘 알고 있는 꽃다발이나 바구니를 만들고 판매하는 기본적인 플라워숍의 업무, 공간을 자연과 함께 어우러지게 장식하는 디스플레이 영역, 그리고 웨딩, 각종 행사, 플랜테리어(Planterior, 식물을 활용한 실내 인테리어), 크리스마스 장식까지 꽤 광범위한 영역을 다룬다.

플라워 스타일은 여러 가지로 나뉜다. 아주 예전에 유행한 동양 꽃꽂이부터, 지난 10년간 유행한 풍성하고 여러 가지 꽃을 섞어 화려한 색을 만들어 내는 영국식 유러피언플라워, 최근에 와서 대세가 된 시크하고 개성 있는 프렌치 스타일의 플라워, 최고급 하이엔드 스타일의 표본인 미니멀리즘 이탈리아 스타일, 믹스 앤 매치(Mix & Match)가 자유로운 미국식 디스플레이, 그리고 일본의 색이 잘 녹아 있는 일본식 플라워 스타일 등이 있다. 이 모든 분야를 고객이나 업체의 니즈, 행사의 분위기나 종류에 따라 자유자재로 오갈 수 있어야 호텔 플로리스트로 일할 수 있다.

이 모든 일의 기본은 공간에 대한 이해다. 꽃이나 나무는 그 자체로 생명력을 가지고 아름다움을 뿜내지만, 공간으로 들어갔을 때 그것만 도드라져 보이게 장식해서는 안 된다. 마치 원래 그 자리에 있었던 것처럼 그 공간과 하나로 어우러져야 제대로 된 장식이라 할 수 있다.

공간에 대한 이해는 오랜 경험으로 완성된다. 절대 첫술에 배부를 수 없다. 그리고 머리로만 그려 본다고 되는 일도 아니다. 아주 많은 공부와 지식을 필요로 하고 경험이 뒷받침되어야 가능한 일이다. 수많은 시행착오와 끊임없는 연구 끝에야 머릿속에 그림이 그려진다고나 할까. 거기에는 타고난 감도 필요하다. '공간을 이해한다는 것'은 이렇게나 복잡하고 미묘한 일이다(하지만 멋지게 완성된 공간을 마주하면 그것만큼 짜릿한 일도 없을 것이다).

도구에 대한 이해도 필수다. 플로리스트들이 사용하는 대부분의 도구는 날카롭거나 뾰족해서 다치기 쉽다. 그래서 일을 할 때 가장 주의해야 하는 것 중 하나는 '안전'이다. 일에 집중해서 하다 보면 여기저기 베이고 다치는 일이 비일비재한 데다가 가끔은 큰 사고로 이어지기도 한다. 나도 손이나 손목, 발, 다리 등 여러 군데에 꿰매거나 베인 흉터를 몇 개쯤 가지고 있다. 스스로는 영광의 상처라 생각하지만.

몸을 사용하는 직업이기에 지치지 않는 건강한 체력과 수많은 서류작업들을 처리할 수 있는 머리, 타고난 예술적 감각 등이 필요한 매우 복합적인 직업이라는 것을 이해하는 사람은 많지 않다. 나 또한 처음에는 플로리스트라는 직업이 이런 일인 줄 모르고 시작했다. 단순히 예쁘고, 재미있을 것 같아서 시작했던 일이니까 말이다. 이렇게 많은 것이 필요하다는 것을 알고 난 후에는 수없이 많은 시간 동안 노력해야 했다.

언제부터인가 매스컴에 종종 등장하는 플로리스트를 보고 '예쁜 꽃집 아가씨' 정도로 쉽게 생각하는 사람들이 많은 것 같다. 단순히 유명 학원에서 짧은 시간 수강해 플로리스트라는 이름을 가진다는 것에 대해 조금은 진지해질 필요가 있다는 말이다.

요즘은 프랑스나 영국에서 단기간 연수를 받고 민간 라이센스를 따 온 후 플로리스트로 시작하는 경우도 많다. 이런 분들이 꼭 기억해야 하는 점이 하나 있다. 여기는 프랑스도 영국도 아닌 한국이라는 사실이다. 외국에서 배운 것을 한국에 적합하도록 재해석하는 일을 제대로 하지 못하면, 값비싼 지식이 말 그대로 지식으로 남고 실전에서는 무용지물일 수도 있다는 걸 알아야 한다.

실제로 이런 고민을 하는 친구들은 아주 많다. 그래서 나는 누군가 플로리스트가 되고 싶은데 어떻게 해야 하는지 물어오면 이렇게 대답한다. 일단 기본을 익히고 실전경험을 쌓으라고. 그러고 나서 유학이나 연수를 다녀와도 절대 늦지 않다고. 덮어놓고 외국에 나가는 것보다 이곳에서 나의 부족한 점이나 나만의 스타일을 정확히 안 후에 가야 훨씬 얻는 게 많을 거라고 말이다. 아는 만큼 보인다는 말은 정말이지 진리다.

플로리스트가 멋져 보여 시작하고 싶다는 사람들에게 꼭 말해 주고 싶다.

보기보다 매우 높은 강도의 체력을 요구하며, 사람을 상대하는 서비스직이기 때문에 감정노동이 많은 분야이고, '예술적 감성'이라는 게 말처럼 쉬운 일도 아니며, 쉽게 노하우를 알려 주지 않는 문화가 자리 잡고 있어 생각하는 것처럼 아름답지만은 않다고. 그러니 정말 이 일이 하고 싶다면 마음 단

단히 먹고 시작하는 게 좋을 거라고 말이다.

나는 정말이지 내 일을 사랑한다. 플로리스트가 꽃 같아서가 아니라, 그 일이 사람들에게 가져다주는 감동과 사랑과 위안, 그 모든 감정들을 줄 수 있는 직업이기에 전공을 포기하고 이 길을 들어온 것을 후회하지 않는다. 세상에 있는 어떤 직업이 이런 마음을 세상에 전할 수 있을까. 활짝 웃는 고객의 얼굴을 보는 것만큼 즐거운 일도 없다.

그러니 만약 플로리스트가 되기로 선택했다면 사람들에게 최고의 순간을 선사하겠다는 프로정신으로 무장했으면 좋겠다. 꽃과 자연을 사랑하는, 꼭 그만큼 말이다.

언
제
까
지
나

나
의

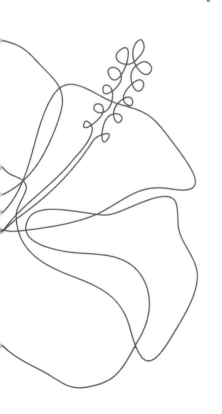

2

새로운 시작

프리지어

처음엔 아주 가벼운 마음으로 꽃을 배우러 갔다. 꽃이 마냥 예쁘고 좋았으니까. 후에 그것이 나의 직업이 될 것이라고는 꿈에도 생각하지 못한 채.

나는 대학에서는 유전공학을, 대학원에서는 뇌신경과학 석사학위를 가지고 있다. 처음부터 교수가 되어 학생들을 가르치는 것이 목표였으니, 석사학위를 마치면 해외 아이비리그 대학에서 박사학위를 진행하는 것은 당연한 수순이었다. 대한민국에서 미개척 분야인 뇌과학에 한 획을 긋고 싶어서 나름 큰 포부를 가지고 진학한 대학원이었다.

스트레스와 치매 관련 연구를 하던 어느 날, 옆 실험실의 괴짜 오빠가 점성술로 점을 쳐준다기에 호기심에 그러라고 했다. 오빠는 내 생년월일로 나온 점괘를 풀이해 주었다.

"넌 왜 박사학위를 따려 그래? 이걸 못하는 건 아닌데, 네

진짜 재능은 다른 데 있다고 나오네?"

생각지 못한 점괘에 "에이, 무슨 소리야?!" 하고 자리를 떴지만, 그 얄팍한 점괘에 자꾸만 마음이 쓰였다.

'내가 이 분야에 진정한 재능이 있을까?'

'천재들이 너무 많은데, 내가 정말 이 일을 해도 되나? 제대로 된 길을 가지 못하고 있는 건 아닐까?'

언제부터인가 머릿속에서 이런 의심의 연기가 스멀스멀 피어오르고 있었다. 괴짜 오빠의 점괘는 애써 무시하려 했던 고민들을 수면 위로 끄집어내게 했다. 생각이 꼬리를 물다 보니 마음 한구석 어딘가에 처박아 두었던 내 어린 시절의 꿈이 생각났다.

나는 어렸을 때부터 손으로 하는 모든 일에 자신이 있었다. 시간 가는 줄 모르고 즐거웠고, 종종 사촌들의 음악과 미술 숙제를 떠안을 만큼 내가 잘한다고 생각했다. 그래서 이런 직업을 가졌으면 좋겠다고 생각했지만, 부모님의 생각은 달랐다. 음악이나 미술은 말 그대로 '교양'에 가까웠고 업으로 삼기는 힘들다고 생각하신 것 같았다. 그러다 보니 아버지의 직업을 따라 자연스레 공학 분야를 전공으로 선택했고, 그게 내가 갈 길이라 생각하며 달려왔던 차였다.

오랜 꿈이 생각나니 머리가 복잡했다. 아무 결정도 하지 못했는데 이미 가슴은 두근거리고 있었다. 더 늦기 전에 한 번쯤은 내가 잘하는 일을 해보고 싶었다. 하지만 현실은 석사논문을 마친 상태였고, 박사과정 진학은 정해진 수순이자 모두가 나에게 기대하는 바였다. 게다가 이미 나이는 20대 후반을 향해 가고 있었고, 이제 와서 길을 바꾸면 인생에서 실패하는 것은 아닐까 불안했다.

오랜 고민 끝에 무모한 결정을 내렸다. 지금이 아니면, 더 늦으면 정말 못 할 것 같았다. 가보지 않은 길을 후회하며 살고 싶지 않았기에 안정적인 길을 버리고 모험을 하기로 결정한 것이다. 지도교수님께 "일 년만 원하는 일을 해보고 올게요."라고 말씀드리고 박사 진학을 보류했다. 그때부터 나의 '방랑'이 시작되었다. 멋질 것 같았던 길이 현실에서는 그리 멋지지 않다는 걸 알게 되는 데는 그리 오랜 시간이 걸리지 않았다.

여러 시도와 실패, 방황을 거듭하던 어느 날, 책에서 플로리스트 관련 글을 읽고는 당장 학원에 등록했다. 그저 예쁜 꽃 실컷 보면서 마음의 위로나 받아 보자는 단순한 이유에서였다.

처음 학원에 들어섰을 때 맡았던 그 향기가 아직도 생생하다. 온갖 꽃향기가 한 데 어우러져 사람마저 물들 것 같았다. 테이블 위에 익숙한 꽃 한 다발이 놓여 있었다. 졸업식의 단골손님이자 많은 이들에게 익숙한 꽃, 노란 프리지어.

익숙한 꽃이기는 하지만 처음 접해 보는 꽃꽂이어서 이리 저리 헤매길 여러 차례 반복했다. 마음처럼 안 되어 짜증날 법도 했는데, 신기하게도 그 헤매는 시간마저도 너무 즐거워 시간이 조금만 천천히 흘렀으면 싶을 만큼 나도 모르게 푹 빠져들어 몰입했다. 나중에 안 사실인데 프리지어의 꽃말은 이랬다.

'새로운 시작, 긍정적인 마음, 당신을 응원합니다.'

아마도 이런 의미 때문에 졸업식에서 많이 쓰이게 된 건 아 닐까? 이런 꽃말의 꽃을 통해 꽃과의 동행을 시작해서 그랬 는지, 우연인 듯 인연처럼 난 오늘도 꽃을 만드는 사람으로 살고 있다.

그때는 몰랐지만 나는 그날 새로운 시작을 했고, 그 작은 꽃들의 들리지 않는 응원을 받았다. 그날 이후로 꽃을 다루 는 직업을 가진 걸 후회한 적이 단 한 번도 없을 만큼 나는 이 일을 사랑한다. 보이는 것만큼 예쁘기만 한 직업은 아니지만, 여전히 나는 꽃을 사랑하고 그들이 내게 속삭이는 시간이 행 복하다.

졸업 시즌이 다가오면 학교 근처엔 여기저기 졸업식 꽃다 발을 파는 사람들이 등장하는데, 그곳엔 어김없이 프리지어가 있다. 그날의 나에게 그랬던 것처럼 새로운 시작을 앞둔 인생들에게 고운 응원이 가득하기를.

프리지어 / 아크릴

"새로운 시작, 긍정적인 마음, 당신을 응원합니다"

사랑, 그거 꼭 그래야 하나요?

이태리 봉선화

"저런 사람하고 결혼할 수 있니?"

중학교 땐가 어떤 드라마에서 아주 가난한 남자에게 반해 우여곡절 끝에 해피엔딩으로 끝나는 여주인공이 나왔다. 텔레비전에 빨려 들어가듯 보고 있던 나에게 외할머니가 넌지시 물어보신다. 봉선화물을 들이겠다고 손가락을 친친 감고 있던 나는 이렇게 대답했다.

"네, 진짜 사랑하면요. 돈이 다는 아니니까요."

순간, 뒤통수에 고압전선이라도 닿은 듯 따가운 눈길이 느껴졌다.

"얘가 세상 물정 모르는 소리를 하네. 저런 사람이랑은 절대 결혼하면 안 되는 거야. 아이고, 얘가 어쩌려고……."

외할머니는 일어나지도 않은 먼 미래의 일을 당장 큰일이라도 벌어진 것처럼 나무라셨다. 그때는 할머니가 화를 내시는 게 너무 이상했다. 내 머릿속은 온통 '저 드라마가 과연 어떻게 끝날 것인가'와 '첫눈이 올 때까지 봉선화물이 남아 있어야 하는데'로 가득 차 있었으니까.

시간이 지나 어른이 되어 그날의 기억은 까맣게 잊고 있었다. 호텔 곳곳에 심을 나무를 사러 간 화훼단지에서 요상한 이름의 꽃나무를 만나기 전까지는 말이다.

'이태리 봉선화.'

어릴 때 매년 손톱을 붉게 물들이던 내가 알던 봉선화와는 매우 다른 모습이었다.

'이태리 봉선화가 뭐야, 이탈리아에서 나는 봉선화라는 말인가?'

화분을 자세히 들여다보니 조그만 글씨로 '물봉선화'라고 적혀 있었다. 아, 이제 알겠다. 물봉선화는 봉선화의 일종으로 '임파첸스(Impatiens)'라고도 불리는데 그 꽃나무의 다른 이름이 이태리 봉선화였나 보다.

다른 꽃과 마찬가지로 봉선화도 여러 종류가 있다. 그중 이태리 봉선화는 촌스럽게 느껴지는 이름과는 달리 귀족적이다. 얇고 섬세한 꽃잎이 사방에 겹으로 나 있는데, 꽃잎의 빛깔이 매우 화려하다. 게다가 이 꽃의 꽃말은 한 번 들으면 기억할 만큼 멋지다.

'나의 사랑은 당신보다 깊다.'

사랑에 관해서라면 유독 할 말이 많다. 나는 연애를 할 때마다 주변 사람들에게 늘 화젯거리였다. 내가 누구랑 만난다는 애길 하면 다들 놀란 토끼 눈이 되어 쳐다본다. 누군가는 "진짜? 진짜?" 하고 몇 번을 되물었으며, 또 누군가는 "그 사람하고 만난다고? 정말 그럴 줄 몰랐는데." 하면서 의아한 눈빛을 보낸다. 늘 있는 일이라 이제는 그냥 그러려니 한다.

그도 그럴 것이 다른 사람들이 볼 때 '모든 면에서 괜찮아 보이는 사람'이 아니라 '그냥 내 눈에 좋은 사람'을 만나기 때문이다. 주변에 여러 사람이 있더라도 내 선택은 '조건이 좋은' 사람이 아니라 '내가 좋은' 사람이었다. 조건도 따져 가며 만나라는 수많은 충고와 끊임없는 조언 속에서도 '그냥 내가 좋아하는 사람과 만나겠다'는 마음은 여전히 그대로다.

그런 내게 친한 언니가 이렇게 말했다. 여자는 자기를 더 좋아해 주는 사람을 만나야 행복한 거라고. 그 안에는 여러 가지 의미가 들어 있다. 좀 덜 사랑해서 사랑에서 우위에 서겠다는 말이기도 하고, 사람 말고 플러스 알파를 봐야 한다는 의미도 들어 있었다.

'내가 더 좋아하는 사람 말고, 나를 더 좋아해 주는 뭐 좀 있는 사람.'

왠지 이 말이 수동적으로 느껴졌다. 나의 감정보다 상대방의 감정에 더 무게중심을 둔 것 같아서다. 난 늘 내 감정을 존중하며 살고 싶다. 그리고 상대의 사랑과 배경에 나를 다 밀어 넣어 버리고 싶지 않다. 사랑은 교집합 같은 거라 나, 그, 우리가 각각 존재해야 행복할 수 있다고 믿는다. 물론 사랑에 있어서는 더 사랑하는 쪽이 언제나 조금은 약자일 수밖에 없다는 것을 안다. 그렇다고 나를 더 좋아해 주는 사람을 만나면 정말 행복할까? 나는 잘 모르겠다.

사실 나는 몽상가적 기질이 많다.

백마 탄 왕자는 아니더라도 내가 보기에 멋진 말을 타고, 내 눈에 왕자처럼 보이는 사람과 만나고 행복할 거라는 꿈이 있었다. 사랑해서 미칠 것 같은, 사랑에 빠지지 않고는 못 배길 것 같은 사람과 행복한 웨딩마치를 꿈꿨으니 어릴 적 외할머니의 말과 친한 언니의 조언 모두 '도무지 이해가 안 가는' 말이었다.

비싼 차를 몰고 좋은 옷을 입은 사람이 나에게 좋다고 말해도 내가 좋아하지 않으면 그만이었다. 그 사람이 어떤 배경을 가지고 있든지 나에겐 그다지 중요하지 않았기 때문이다. '사람'과 '끌림', '마음' 그 자체가 중요했고, 온몸을 지나 손끝까지 느껴지는 찌릿함 정도는 있어야 만났다. 내가 좋아하면 그만이고, 다른 사람의 눈에 어떻게 보이든 내가 좋아하고 행복한 것이 제일 중요했으니까.

내 말을 들은 어른들은 철들려면 멀었다며 혀를 끌끌 차신다. 세상 물정 모르는 어린아이처럼 대하신다. 그럼 나는 농담 삼아 이렇게 답한다.

"철들면 그때부터 늙는 거예요. 평생 안 들려고요. 그 '철'이라는 거."

어릴 적 어리바리했던 사랑에 대한 내 생각은 나이가 들어서도 그대로이다. 좀처럼 변하지 않아 이제는 일종의 가치관처럼 굳어져 버렸다. 어쩌면 이것저것 따져 가며 생각이 많이 들어간 사랑보다 사람의 마음만을 보고 선택하는 사랑이 조금 더 깊지는 않을까. '나의 사랑은 당신보다 깊다'며 당당하게 존재감을 뽐내는 이태리 봉선화처럼 말이다.

이태리 봉선화 / 수채
"나의 사랑은
당신보다 깊다"

'자연'스럽게, 마음이 이끄는 대로

나는 천성이 사람을 좋아하고 잘 믿는다.
사람 관계에 있어서만큼은 곰 저리 가라다.
쉽게 마음 한 켠을 내어 주고
부족한 게 없나 두리번거린다.
오지랖이 우주 최고 수준이다.

그래서 애정을 담았던 사람에게
갈기갈기 넝마가 될 만큼 찢어지고 나서야
간신히 하나를 배운다.
주변 사람들은 그런 나에게 늘 이런 충고를 한다.

"다 남이라 생각하고 쉽게 믿지 마."

물가에 내어놓은 아이처럼 그만 살라고,
칼이 등에 꽂혀 봐야 아픈 걸 아는 게

힘들지 않냐고 말이다.

맞는 말이다.
그들의 말이 정말 맞는 말이고
나를 걱정해서 하는 말이라는 것을 안다.
문제는 아무리 노력해도
그게 쉽게 되지 않는 사람이라는 데 있다.
나이가 들면 나아지겠거니 했지만
조금 늘었을지 몰라도 나는 여전히 그대로 나다.

사람을 만나는 것도
사랑을 주는 것도
그들을 믿는 것도
나무나 꽃처럼, 자연을 대하는 것처럼
그냥 마음 가는 대로
그렇게 자연스럽게 살면
정말 안 되는 걸까.
오랜 시간 고민했다.

그래서 나는
나를 그냥 받아들이고 인정하기로 했다.
내가 한 선택이니 그냥 그렇게 두고

가끔씩 등을 돌리는 사람들에게 받은 상처로
뒤통수에 피가 조금 나더라도
내가 감수하면 그만 아닐까.

또 아플 테고, 또 많이 울게 될지 모르지만
차갑고 서늘한 계산이 난무하는 지금의 시대에
나 같은 사람도 한 명쯤은 있어도
괜찮지 않을까.

13th MAR. 2012
SCRAN.

아름드리 나무 / 펜 드로잉

마음을 내어 주지 않으면
힘을 잃어 가는 자연처럼
진심이 없는 관계는
서로의 목적이 다하고 나면 끝이다.

어쩌면 내가 한 선택은
가시밭길 같을지도 모른다.
그래도 나는 진정성의 힘을 믿기에
그렇게 자연을 닮은 사람으로 살고 싶고,
그 나름의 의미가 있다고 믿는다.

아마 앞으로 다시 태어나지 않는 이상
그렇게 살아가게 되겠지.
누군가에게는 미련해 보일지 몰라도
그게 나니까 말이다.

나에게 보내는 위로

양귀비

폭풍 같았던 어버이날이 무사히 지나갔으니 오늘은 좀 여유를 부려도 될 거야. 좋은 하루를 기대하며 하루를 열었던 날, 출근한 지 얼마 지나지 않아 항의 전화가 걸려 왔다.

어제 배송해 드린 꽃바구니를 받은 분에게서 온 전화였다. 어버이날을 맞아 멀리 출장을 가 있던 아들이 비싼 돈을 들여 주문한 꽃이 '시들어 빠져서' 온 것에 대해 화가 많이 나 있었다. 나에게 주문전화를 걸어 왔던 아들의 마음 씀씀이가 고와서 더 신경 써서 정성껏 포장해 배송을 해드렸지만, 5월치고는 날이 더웠던 데다 대목이다 보니 배송이 늦어졌던 모양이다. 더운 날 도로 위에서 시간을 오래 보낸 꽃이 기운 없이 시들어 버린 것이다.

내가 도로 사정까지 통제할 수 없는 노릇이지만, 반복해서 사과를 드렸다. 반복된 사과에도 돈이 아깝다, 무성의하다며 분노를 쏟아 내던 아저씨는 그냥 전화를 끊었다. 죄송한 마음에 금액을 환불해 드리고 어제 보낸 꽃보다 더 곱고 싱싱한 꽃들을 골라 다시 꽃바구니를 보내 드렸다.

날이 더워지면 가끔씩 있는 일이지만 이런 일을 겪을 때면 속이 상한다. 편안한 하루가 될 거라는 환상에 젖어 가벼운 마음으로 시작했던 데다 족히 몇 시간을 이 일에 붙잡혀 마음 졸이다 보니 퇴근길에는 진이 다 빠졌다.

밤늦은 퇴근시간, 터벅터벅 걸어가다 멍하니 건널목에 서 있는데 건널목 맞은편에 꽃 한 무더기가 바람에 하늘거린다. 바람을 따라 흔들리는 꽃대가 힘이 있는 것 같기도, 부드러운 것 같기도 했다. 어두웠지만 충분히 존재감을 드러내고 있었다. 건너가서 보니 붉은 양귀비 밭이었다. 시에서 조경으로 심어 둔 것 같은데, 수백 송이의 꽃을 바라보고 있자니 지친 마음이 바람과 함께 씻겨 가는 듯했다.

중국 당나라 현종 때 절세미인인 양귀비의 이름을 가진 양귀비꽃은 정말 사람을 홀리는 힘이 있다. 꽃잎이 정말 얇아 투명하게 하늘거리고, 붉은색부터 주황, 노란색까지 다양한 데 빛깔이 매우 강렬하다. 양귀비 군락은 마치 고대 어느 도시에서 알록달록 염색한 천을 봄 햇살 아래 널어 두고 말리는 것같이 화려하다.

이렇게 사람의 눈길을 단박에 사로잡는 매혹적인 양귀비

언제까지나 나의

에는 아편 성분이 있어 마약류로 분류되어 재배할 수 없다. 현재는 관상용 양귀비라는 품종이 새로 개발되어 재배되고 있다. 꽃양귀비 또는 개양귀비라고 불리는데, 꽃의 색상이며 모양이 매우 화려하고 고급스럽다. 내가 거리에서 본 꽃도 꽃양귀비이다.

마약용 양귀비와 꽃양귀비는 쉽게 구분할 수 있다. 일반적으로 우리가 자주 접하는 양귀비는 대부분 꽃양귀비인데, 줄기 부분과 꽃망울에 솜털이 나 있다. 마약용 양귀비는 꽃대나 열매나 모두 매끈하고 솜털이 없어 육안으로 구분이 가능하다.

우리나라뿐만 아니라 고대 그리스, 로마 등 여러 나라에서 양귀비가 불면증, 망각, 상처치유 등의 효능이 있다고 믿었다. 아편 때문에 잠시 통증을 잊을 수 있었기에 그렇게 오해한 것이다. 그때만 해도 양귀비의 성분이 위험하다는 사실을 몰랐으니 그럴 법도 하다. 그래서일까? 양귀비의 꽃말도 '위로'이다.

누구나 살면서 실수를 한다. 알면서 고의로 하기도 하고, 모르는 사이에 내가 한 일이 실수가 되기도 한다. 사람들은 실수에서 배우고 아픈 만큼 자란다고 말하지만, 사실 실수로 인한 상처에는 교훈보다 위로가 먼저 필요하다. 상처를 받았으니 상처를 잘 달래는 시간이 필요하다는 말이다. 정말 열심히 노력했는데 결과가 안 좋은 경우는 더 그렇다.

실수했을 때 '이번에는 또 무얼 배우게 될까?' 하고 생각하는 건 생각보다 어렵다. 같은 실수를 반복하지 않으면 된다고 하지만, 때로는 같은 실수를 두세 번씩 반복하고 나서야 비로소 내 실수구나 인정하게 되는 경우도 없지 않다.

실수로 마음이 다쳤을 때 누군가에게 말하고 상담받고 위로받는 것도 좋은 일이다. 하지만 나이가 들수록 또는 여러 가지 사정상 말하지 못하고 벙어리 냉가슴 앓듯 끙끙거릴 때도 있다. 그럴 땐 비록 말은 못하지만 살아 있는 꽃에게 말을 걸어 보고 위로받아 보는 것은 어떨까? 황당하게 들릴지 모르지만, 생각보다 효과가 좋다. 밑져야 본전 아닐까.

옆에 있는 사람보다 한 송이의 꽃이 더 많은 말을 할 때가 있다.

내가 꽃을 만지는 사람이어서 그런 것만은 아닌 것 같다. 사람이 아닌 사물에서 깊은 위로를 받은 경험이 다들 한 번은 있을 테니 말이다. 강하게 서 있는 줄기와는 달리 꽃잎은 화려하지만 얇고 연약해 보여, 툭 건들기만 해도 떨어질 것 같은 양귀비 꽃잎.

사람의 마음과 많이 닮은 그 꽃 한 송이에 지친 마음을 덜어 내 본다. 조금 더 세심하게 신경 쓰지 못한 것 같아 오늘의 실수가 마음에 걸렸지만, 양귀비를 보며 나라도 나에게 '힘든 하루를 보내 수고했다'고 위로해 주고 싶었다. 양귀비꽃을 눈에 가득 담고 이어폰을 귀에 꽂았다.

오늘의 선곡, 옥상달빛의 〈수고했어, 오늘도〉.

양귀비 / 연필

"위로, 망각"

고흐가 사랑했던 꽃

아이리스

폴란드와 영국의 합작 애니메이션 영화 〈러빙 빈센트〉
의 마지막 장면. 리앤 라 하바스(Lianne La Havas)의 〈Starry
starry night〉가 흘러나왔다.

꽃을 사랑해 캔버스에 옮긴 화가는 여럿 있지만 나는 그중
에서도 고흐의 꽃 그림을 참 좋아한다. 반 고흐라고 하면 흔
히 스스로 귀를 잘랐다는 에피소드를 떠올리며 미치광이 천
재 화가라는 생각을 하게 된다. 그의 죽음을 두고 자살이다,
스스로 죽음을 선택할 수밖에 없는 환경에 있었을 것이다, 타
살이다 등등 말들이 많지만 아직도 그가 왜 죽었는지는 미스
터리로 남아 있다. 이제는 그의 그림만이 그의 이야기를 대신
하고 있고, 고흐의 사망에 관련된 미스터리가 한층 그의 그림
을 더 신비롭게 만들기도 한다.

그는 꽃과 자연에 관한 그림을 많이 그렸는데, 나는 그중에서도 기법을 달리하여 여러 차례 그린 아이리스 그림을 좋아한다. 생레미 정신병원에 자진하여 입원했던 그는 정원에 가득했던 아이리스를 자주 캔버스로 옮겼다. 자연이 주는 정서적 안정감 때문이었는지 아니면 자연에 대한 존경과 경외감 때문이었는지는 알 수 없지만, 고흐는 1888년부터 집중적으로 아이리스를 그렸다. 고흐 자신은 아이리스가 불안한 영혼으로부터 인간의 마음을 보호해 주는 힘을 가지고 있다고 생각했다고 하는데, 그래서인지 다양한 표현기법으로 그린 그의 아이리스는 참 강렬한 색채를 띠지만 편안하게 느껴진다.

내가 좋아하는 아이리스 그림은 반 고흐가 세상을 떠나기 1년 전에 완성한 것으로, '아이리스'라는 이름의 그림이다. 이 그림은 1987년 소더비 경매에서 당시 세계 미술품 경매 사상 최고 낙찰가를 기록했을 만큼 인기를 끌기도 했다. 정원에 한가득 피어 있는 역동감 넘치는 진한 푸른 보랏빛의 아이리스들.

실제 아이리스는 고흐가 그린 그림보다는 옅은 색을 띤다. 우리나라에서 붓꽃이라고 불리는데, 곧게 뻗어 오른 줄기 끝에 실크처럼 부드러운 꽃잎이 하늘거린다. 꽃 중에서 자연스러운 파란색(정확히는 보랏빛이 살짝 가미된 파란색)을 띠는 꽃은 많지 않다. 델피늄을 비롯해 몇 종 되지 않는다. 그래서 꽃장식을 할 때 파란색을 메인으로 써야 할 때면 아이리스를 자주 쓰게 되지만, 아주 인기가 많은 장미 같은 종류의 꽃은 아니다. 약간 마이너한 느낌이랄까.

아이리스라는 이름은 외국에서는 여자 이름으로도 흔히 사용된다. 그리스어로 무지개를 뜻하는데, 고대 그리스 신화에서 무지개를 관장하는 여신을 아이리스라고 하였다. 제우스와 헤라 여신의 말을 전하기 위해 무지개를 타고 다니며 신의 영역과 인간의 영역 사이에서 메시지를 전달했던 여신. 그래서 꽃말도 꽃의 색에 따라 다르기는 하지만 '좋은 소식', '기쁜 소식'이다. 죽은 여자의 영혼을 천국으로 인도하는 것 또한 임무였던 아이리스. 그래서 그리스에서는 사랑하는 여자를 잃거나 했을 때 무덤에 이 꽃을 심기도 한다.

아이리스는 프랑스의 국화이기도 하고, 잎의 모양이 칼을 닮았다고 해서 귀족이나 왕족 가문의 휘장으로 사용되기도 했다. 프랑스에서 왕가의 문양을 보면 아이리스 꽃 모양을 본떠 만든 것을 흔하게 볼 수 있다. 루이 6세는 자신의 방패에 아이리스 꽃 모양을 새기기도 했고, 기사들은 겉옷에 가문을 상징하는 휘장으로 새기기도 했을 만큼 오랫동안 사랑받았던 꽃이다. 크게 보이는 세 장의 꽃잎이 각각 '신뢰, 지혜, 용기'를 의미했다고도 하는, 품위가 있는 꽃으로 여겨졌다. 내

언제까지나 나의

가 아는 한 회사의 대표께서는 이 꽃에서 영감을 얻어 행복과 위로가 되는 꽃을 팔고 싶다며 꽃집을 시작하기도 했다. 참 이야기가 많은 꽃이다 싶다.

플라워숍에 자주 들르는 분 중에 봄이 되면 늘 아이리스를 찾는 분이 계셨다. 사업을 크게 하고 계신 남편과 해외에서 공부하고 자격증시험을 준비 중인 자식들 때문인지, 봄이면 늘 아이리스를 집에 둔다고 하시면서 몇 송이씩 사가지고 가셨다. 기쁘고 좋은 소식이라는 아이리스의 꽃말 덕분에, 이 꽃을 집에 두면 왠지 좋은 일이나 소식이 날아들어 올 것 같다면서 웃는 얼굴로 늘 아이리스를 찾곤 하셨다.

생각했던 방향으로 일이 진행되지 않을 때에도 아이리스를 바라보면 마음이 고요해진다고 했다. 나보고도 고민이 되는 일이 있거나 마음에 번뇌가 있다면 가만히 들여다보라고, 보고만 있어도 좋다고 하셨던 말이 기억에 남는다. 고흐가 영혼을 구해 주는 꽃이라고 믿었던 말이 영 거짓은 아닌가 보다.

궁금해서 꽃이 주는 효능을 검색해 보니 아이리스는 긴장을 완화시켜 주고 편안한 기분을 지속하게 하는 에너지가 있다고도 하니, 자연이라는 것은 참 신비롭구나 싶다.

고흐가 보았던 것처럼 정원에 가득 핀 아이리스를 보고 싶

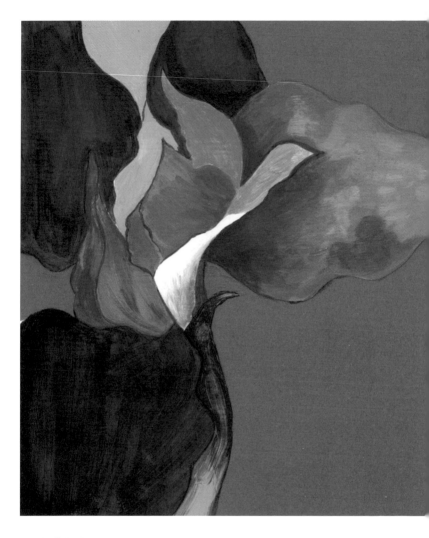

아이리스 / 아크릴

"기쁜 소식"

언제까지나 나의

다면 서울시 도봉구 도봉동에 위치한 서울창포원에 가보면 좋을 것 같다. 아이리스 종류만 130여 종, 30만 본 이상 식재된 창포원은 세계 4대 꽃 중 하나로 불리는 아이리스의 아름다움을 감상할 수 있는 아주 좋은 공간이다.

내가 그곳에 갔을 때는 가을이라 푸른 아이리스 대신 무성한 갈대만 보고 돌아와 아쉬웠다. 시간이 된다면 꽃이 피는 계절인 봄에 창포원에 들러 고흐의 짙은 푸른빛 아이리스를 조용히 둘러보며, 고흐가 사랑하는 동생에게 보낸 편지를 묶어 만든 책《영혼의 편지》를 읽어 보고 싶다. 자주 오셨던 그 고객이 말씀하신 '고요한 마음'은 덤으로 얻어 가지 않을까?

경찰 아저씨와 나

아마릴리스

"아, 잠시만요. 들어가시면 안 돼요. 몸수색하겠습니다."

그날은 정상회담에 관련된 행사가 있는 날이었다.

정부 행사를 진행할 때는 신경 쓰이는 게 매우 많다. 참여하는 나라의 국기 색상이나 이미지, 어떤 의미의 행사인지 생각해야 하는 부분이 많다. 일반 행사도 그런데 하물며 국가의 정상들이 참여하는 행사는 오죽할까? 10개국 정상들이 모이는 정상회담을 진행한 적이 있다. 수개월 전부터 준비했는데, 그 시작은 정보를 수집하는 일이었다.

참여하는 국가를 확인하고, 각 나라의 국기나 국화 또는 의미 있는 꽃들을 찾는다. 이와 더불어 빠질 수 없는 일이 각 나라 정상의 '취향'이다. 이 취향이라는 부분이 아주 까다로운데, 어떤 색상을 즐기는지부터 어떤 꽃을 좋아하고 어떤 꽃을 싫어하는지, 또 특정 꽃에 알레르기는 없는지, 어느 공간에서 어떤 목적으로 머물게 되는지, A부터 Z까지 하나하나 꼼

꼼히 신경을 써야 한다. 대부분 이런 정보들을 찾기가 어려워 주무관들과 미팅할 때 살짝 물어보거나 인터뷰 기사들을 뒤져 보기도 한다.

정상회담은 며칠간에 걸쳐 진행될 예정이었다. 미리 신상 정보를 다 넘겨줘야 하고, 이 과정을 통과한 사람만 행사장에 들어갈 수 있다. 호텔 입구부터 곳곳에 공항에서나 볼 수 있는 검색대들이 설치되어 있어 출근하면 여러 번 검색대를 지나야 했다. 그러다 보니 재미있는 일도 있었다.

출근할 때 첫 번째로 거치는 검색대는 별 문제가 없이 통과 했는데, 업무를 진행하다가 스위트룸에 장식을 하러 들어가기 위해 그곳의 검색대를 통과하는 과정에서 문제가 생겼다. "삐삐삐삐~~" 크고 시끄럽게 경보음이 울려 대자 여경이 나를 멈춰 세우고 몸수색을 시작했다.

처음엔 왜 경보가 울렸는지 어리둥절했지만 다음 순간 아차 싶었다. 나는 일하는 거의 모든 시간 동안 앞치마에 꽃칼을 들고 다닌다. 주머니에 늘 버릇처럼 가지고 다니니 이걸 가지고 있단 사실을 깜빡한 채로 그냥 검색대를 지난 것이다. 이런, 꽃칼이 무기 취급을 받다니. 그날 한 나라의 정상이 묵을 스위트룸에 놓아 둘 아마릴리스를 들고 가던 길이었는데 이게 웬 날벼락인가 싶었다. 주변에 있던 사람들이 모두 나를 바라보고 있었고, 경찰과 형사 몇 분이 경직된 표정으로 나를 쳐다보았다.

자초지종을 설명하고 꽃칼을 보여 주었다. 행사장 안으로 꽃칼을 들고 가야 한다고 얘기하자 실랑이가 이어졌다. 뭐, 이해는 간다. 칼은 칼이니 무기가 될 수도 있으니까. 그래도 안에 들어가서 이것저것 손질하려면 꼭 필요한데 갖고 갈 수 없다니 난감했다.

한참을 실랑이하다가 경찰 한 분이 동행해 전 과정을 지켜보는 조건으로 꽃칼을 가지고 들어가게 되었다. 무슨 영화에나 나오는 한 장면에 들어온 것 같은 기분이었다. 예쁘고 크랙무늬가 들어간 고급스러운 유리화병에 화려하고 우아한 아마릴리스를 꽂고 들고 가는 나와 경찰 아저씨.

특급호텔들은 스위트룸에 예약이 들어오면 고객이 체크인하기 전에 내부를 꽃으로 꾸며 둔다. 가격이 비싼 방이기도 하고 숙박을 하시는 분들이 VIP가 많아 그렇게 한다. 그날은 평소와는 좀 다르게 스위트룸 장식에 잘 쓰지 않던 아마릴리스를 골랐다. 그 방에 묵는 정상은 향에 예민한 분이었다. 게다가 자주 들어가 꽃이 싱싱한지 체크하기도 어려운 상황이라 며칠은 거뜬히 견디어 주면서 향이 없지만 방 분위기를 살려 줄 꽃이 필요해 고른 것이다.

아마릴리스는 구근(알뿌리) 식물답게 얼굴이 아주 크다. 원래 이름은 벨라도나 릴리. 이름에서도 알 수 있듯이 백합과 조금 비슷한 얼굴을 하고 있다. 꽃 자체가 워낙 크고 화려하지만 꽃말처럼 '은은한 아름다움'을 지닌 매우 매력적인 꽃이다. 생김새가 무척이나 우아하다.

투숙하는 분에게 잘 어울릴 것 같은 아마릴리스를 거실 테이블에 예쁘게 장식해 두고 방을 나오는데, 경찰 아저씨가 물었다.

"칼은 가지고 나오신 거죠?"

순간 픽 웃음이 나왔다. 앞치마 주머니에서 칼을 꺼내 보여 드리며 말했다.

"그럼요, 잘 챙겨서 나왔어요."

그 뒤로도 며칠 동안 여기저기 검색대를 지나면서 시끄럽게 기계를 울려 댔다. 그때마다 나는 칼을 꺼내 보여 주며 왜 필요한지 이해시켜야 했고, 행사가 끝날 때 즈음엔 다들 내가 꽃칼을 들고 다니는 걸 알 만큼 나름 검색대의 유명인사가 되어 있었다.

요즘도 아마릴리스를 보면 그때가 생각난다. 그날 그 꽃을 들고 무표정한 경찰 아저씨와 나란히 걸어가던 그 복도가 떠오른다. 삼엄하고 예민한 경비 태세와 상관없이 우아한 자태를 뽐내며 묘하게 분위기를 뒤흔들던 아마릴리스. 쭉 뻗은 줄기 끝의 커다란 붉은 꽃망울을 지닌 아름다운 아마릴리스는 주변의 삭막한 분위기와 참 상반되는 조합이었다. 그래서인지 더 도드라지게 아름다워 보였던 그 꽃처럼, 나도 어떤 상황 속에서도 본연의 나 자신을 지킬 수 있기를.

아마릴리스 / 연필

"은은한 아름다움"

한 발짝 떨어지면 보인다
벚나무

바람은 아직 차지만 정말 새파란 하늘에 구름은 몽글몽글 참 예쁜 날이었다.

아침부터 톱을 들었다.

'플로리스트가 웬 톱?' 할지도 모르지만, 사실 우리가 톱을 드는 것은 꽤 흔한 일이다. 플로리스트라고 하면 흔히들 꽃을 만지는 우아한 사람이라고 생각하는데, 플로리스트의 영역이 단순히 꽃에만 한정되어 있지 않기 때문에 다양한 공구를 사용하는 방법쯤은 알고 있어야 한다. 이런 사실을 아는 사람은 많지 않다.

그날도 그랬다. 족히 3미터는 넘어 보이는 벚나무가 내 눈앞에 수북이 쌓여 있었다. 세워 놓으면 천장에 닿아 꽃가지가 부러질까 조심조심 바닥에 눕혀 놓았다.

새로 오픈하는 특급호텔을 장식하는 일을 할 때는 그냥 지나칠 수 있는 아주 세세한 부분까지도 신경을 많이 쓴다. 오픈 날짜가 정해지면 흔히 프리 오프닝(pre-opening)이라고 해서 VIP에게 먼저 선보이고 모자란 부분들을 보충해 정식 오픈을 준비하는 과정이 있다.

나는 관계자들에게 선보이는 프리 오프닝을 위해 호텔 곳곳의 공간에 가장 잘 어울리는 옷을 입혀 멋져 보일 수 있도록 온갖 꽃과 식물로 장식했는데, 그날따라 유독 한 공간에서 속도를 못 내고 있었다. 작은 행사들이 진행될 수 있는 모던하고 고급스러운 방에 한국적인 항아리가 놓였다. 항아리 안에서부터 천장까지 벚나무로 장식하기로 결정한 공간이었다.

나뭇가지는 생긴 게 제각각이다. 꽃도 그렇지만 생목을 잘라 절화(折花. 꽃자루, 꽃대, 가지 등을 잘라 장식하는 데 사용하는 꽃)로 사용하는 경우는 베는 시기나 지역에 따라 그 모양이 정말 다 다르다. 3미터가 넘는, 크기가 매우 큰 나무 꽃꽂이를 하는 경우 개성 있는 모양새 때문에 자연스럽게 배치하기가 힘들다.

게다가 이번 벚나무는 어디서 온 건지, 죄다 커다란 낚싯바늘같이 끝이 구부러져 있었다. 보자마자 한숨부터 흘러나왔다.

'아, 어쩌지······.'

가지가지 잘린 나뭇가지들을 모아 한 그루의 나무처럼 자
연스럽게 만들어야 하는데, 이거야 원. 벚꽃이 만개하는 데는
며칠 걸리니까 꽃이 피어 줄기가 가려지면 덜하겠지만, 그때
까지는 가지가 영락없이 물에 불은 라면 면발처럼 보일 것 같
았다. 일단은 최대한 예뻐 보이게 큰 나뭇가지를 낑낑대며 꽂
아 놓았지만, 영 마음에 들지 않아 여러 번 다시 꽂기를 반복
했다. 그러다 보니 무거운 나뭇가지를 드느라 팔은 떨어져 나
갈 듯 아팠고, 슬슬 속에서 화가 올라오기 시작했다. 뒤에 밀
려 있는 일들도 많은데, 언제까지 이 일만 붙들고 있을 수도
없는 노릇이었다.

도저히 안 되겠다 싶어 잠깐 자리에 앉아 숨을 돌리다가 문
득 한 사람이 생각났다. 디스플레이에 관련된 일을 하고 있을
때 나를 독하게 가르쳤던 선배에게 SOS 전화를 걸었다.

"나무가 너무 꼬불꼬불, 모양이 엉망이에요. 어떻게 꽂아
도 이상해요. 벌써 몇 번째 삽질하고 있는데 진짜······."

나의 징징거리는 소리를 한참 듣고 있던 선배는 마치 아무
일도 아니라는 듯 가볍게 툭 한마디를 던졌다.

"일단 가위 내려놓고 뒤로 좀 물러나서 봐봐."

10초쯤 정적이 흘렀을까. 순간 한 대 얻어맞은 기분이었다.
짜증 나고 화가 나서 어떻게 해도 안 보이던 것들이 선배 말

대로 한 발짝 뒤로 물러나니 너무나 여실히 보였기 때문이다. 그리고 이어진 선배의 말.

"너 잘하잖아. 너무 가까이 하나하나 보려고 하지 마. 숨을 고르고 한 발자국 떨어져서 봐봐. 그러고 나서 바라보면 어디를 고쳐야 할지, 어떻게 꽂아야 좋을지 보일 거야."

벚나무 / 수채

"정신의 아름다움, 훌륭한 교육"

전화를 끊고 마음을 다시 가다듬었다. 선배의 조언대로 전체 그림을 생각하며 차근차근 처음부터 다시 시작하니, 어떻게 해도 자연스럽지 못했던 나뭇가지들이 제자리를 찾아 갔다. 일을 마무리한 뒤, 잠시 그 방에 있던 의자에 앉아 한결 편안해진 마음으로 내가 꽂아 놓은 벗나무를 바라보았다.

통유리 너머 반짝거리는 햇살이 환하게 들어오고, 벗나무는 마치 원래 거기 있었다는 듯 공간과 완벽히 어울렸다. 선배에게 내가 만든 작품 사진을 찍어 보내며 짧은 메시지를 남겼다.

'진짜 막막했는데, 역시! 고마워요.'

열흘 동안 꽃 몽우리들이 아기 볼처럼 발그레한 얼굴로 활짝 꽃피울 것이고, 그 모습을 상상하니 이제껏 힘들었던 마음이 잦아들면서 피식 웃음이 나왔다. 절묘하게도 벗나무의 꽃말에는 '훌륭한 교육'이라는 의미가 있다는 게 생각났다.

살면서 일어나는 다양한 문제들도 그렇지 않을까. 어떤 문제든 그 문제 가까이에서 모든 신경을 집중하고 있을 때는 그 일 외에는 아무것도 보이지 않는다. 그 문제에서 살짝 벗어나 한 발자국 떨어져 보아야 비로소 답이 보인다는 걸, 그 간단한 이치를, 나는 벗나무와 씨름하던 그 봄날 배웠다.

축하해, 네가 건네는 인사

포인세티아

12월 31일 밤 12시.

10, 9, 8, 7…….

한 해의 마지막과 새로운 한 해의 시작을 알리는 카운트다운을 외치는 소리가 호텔 로비 가득 퍼져 나간다.

새해가 시작되면 수많은 카톡과 문자를 받는다. 새해 복 많이 받으라는 말들이 한가득 휴대폰에 쌓인다. 플로리스트가 되기 전에는 그렇게 새해를 맞이하고 나면 대부분 해돋이를 보기 위해 서둘러 잠자리에 들곤 했다. 호텔 플로리스트가 된 후로 내가 새해를 맞이하는 방법은 예전과는 사뭇 달라져 있다. 카운트다운이 끝나고 흥에 겨웠던 사람들이 로비를 떠나 한산해지면 그때부터 우리는 매우 분주해진다.

12월은 크리스마스가 있는 달이라 대부분의 호텔은 그에 맞게 로비에 큰 장식을 하고 레스토랑이나 라운지에도 크리스마스를 물씬 느낄 수 있는 장식들을 해둔다. 이 모든 장식을 철거하는 시간이 새해 새벽, 1월 1일이다.

해가 뜨는 시간이 되면 해돋이를 보러 많은 사람들이 또다시 몰려 나올 거라 그전에 크리스마스 관련 모든 장식을 철거하고 새해맞이 단장을 해놓아야 한다. 호텔의 규모도 규모지만 호텔 내 여러 개의 레스토랑과 거의 모든 공간에 장식되어 있는 크리스마스 장식을 치우는 일은 정말 어마어마하다. 10월 중순부터 한 달 넘게 준비해 장식해 온 것들이니 그럴 만도 하다.

그날도 몇몇 직원들과 함께 모두가 잠든 고요한 새벽에 정신없이 움직였다. 내 키보다도 훨씬 큰 커다란 트리 몇 개를 분해하여 나르고 레스토랑에 있는 대형 리스를 떼어 내고 철거를 하다 보니 시간이 훌쩍 4시가 넘어갔다. 지금부터는 그 빈 곳을 다시 꽃으로 장식해 두어야 해서 또 정신없이 가위질을 하고 발걸음을 재촉해 겨우겨우 해돋이 시간에 맞춰 모든 일을 끝마쳤다. 남들에게는 편안한 연말연시가 나는 늘 땀을 한 바가지쯤 흘리며 발에 불이 나게 뛰어다니는 날인 셈이다.

'해돋이를 볼까?'

잠시 고민했지만 피곤이 몰려왔다. 그냥 집에 가는 길에 뜨는 해와 인사하는 걸로 하고 돌아가려고 옷을 갈아입는데, 구석에 포인세티아 화분이 여러 개 놓여 있는 것이 보였다. 크리스마스 시즌이 되면 가장 많이 찾는 화분 중 하나인 포인세티아는 조화가 아닐까 싶을 만큼 선명하고 큰 붉은색의 잎사귀를 가지고 있다. 위에서 내려다보면 언뜻 별 모양 같기도 하다. 분홍, 노랑, 하얀색 등 여러 가지 색상이 있는데, 장식할 때도 많이 쓰고 선물용으로도 많이 나간다. 올해도 포인세티아를 넉넉하게 준비해 여기저기 장식을 했는데, 이제 새해가 밝았으니 다른 꽃으로 대체하고 할 일을 마친 포인세티아들을 작업실로 가져왔다.

포인세티아에는 연말에 어울리는 예쁜 전설이 하나 있다. 가난한 멕시코 소녀 페피타가 크리스마스에 교회에 가져갈 선물을 준비하지 못해, 길거리에 피어 있는 잡초를 엮어 꽃다발로 만들어 가져갔다. 볼품없는 잡초 꽃다발을 교회의 예수상 발아래에 놓아 두었는데, 이 꽃다발이 붉은색의 포인세티아로 변해 크리스마스 내내 피어 있었다는 이야기다. 그래서 진정으로 축하할 자리에 포인세티아를 놓아 두기도 하고, 이 꽃의 꽃말도 '진심으로 축하한다' 또는 '뜨거운 마음으로 축하한다'라는 의미를 지닌다.

붉게 피어 있는 포인세티아들을 보고 있자니 긴 하루, 중요한 일을 잘 치러 낸 내게 주는 인사 같았다. 내게 크리스마스

포인세티아 / 수채

"진심 어린 축하"

장식을 철거하고 새로운 장식을 해놓는 일은 연례행사 같다. 매해 마지막 날이면 하는 작업이다 보니 나름은 한 해를 잘 보내고 새로운 한 해가 시작되었다는 무언의 의식 같은 일이 기도 하다. 그 자리에는 늘 포인세티아가 함께한다.

크리스마스 기간 내내 들뜬 12월의 분위기를 한껏 살려 주고 자신의 할 일을 멋지게 마친 포인세티아와 나 자신에게 '이번 한 해도 잘 보냈어, 축하해.'라고 말해 주었다. 한 해가 지나 또다시 연말이 오면 그때 다시 만나게 되겠지. 그때까지 서로 잘 지내 보자고 작은 인사도 전했다.

추운 겨울, 누군가에게 축하할 일이 있다면 포인세티아로 마음을 전해 보면 어떨까? 특이하지는 않아도 예쁜 색과 모양에 더할 나위 없이 좋은 꽃말과 이야기를 지니고 있으니 좋은 선물이 되지 않을까?

지친 하루를 달래 보아요

오하라 장미

　열여섯 시간이 넘는 고된 일과 끝에 집으로 돌아왔다.

　들어와 대충 옷을 던져 놓고 냉장고를 열어 시원한 물 한잔부터 마셨다. 차가운 물이 목을 지나 위장을 통과하는 느낌이 그대로 난다. 그래, 이 맛이지. 찬물이 몸에 안 좋다고는 하는데 그래도 하루를 마무리하는 이 순간의 기분이 쉽게 포기되지는 않는 것 같다.

　컵을 내려놓는데 손을 보니 플로리스트가 아니라 막일하는 사람의 손이다. 하루 종일 꽃을 만졌다고 증명이라도 하듯 손톱부터 손끝 마디마디가 전부 녹색으로 물들어 있다. 내가 헐크도 아니고. 내일 아침에 있을 미팅에 참석하려면 이 손으로는 아무래도 좀 그럴 것 같아 욕실로 들어갔다. 온몸에 붙어 있는 식물 부스러기와 잎사귀의 파편들, 어디서 묻었는지 알 수 없는 먼지, 헐크로 변신한 내 손가락을 비누로 열심히

언제까지나 나의

닦아 보지만 도통 색이 돌아오질 않는다. 따뜻한 물에 수욕(手浴)을 하고 때수건으로 살살 밀었다. 지문이 사라질 것같이 닦아 보았지만 소용이 없다.

따끔거리는 손에게 미안한 마음으로 핸드로션을 가득 바르고 침대에 누우려는데 머리맡에 꽂아 둔 꽃 한 송이의 향기에 마음이 스르륵 녹는다. 이름도 예쁜 '오하라' 장미. 굳이 여러 송이를 가져다 둘 필요도 없다. 한 송이만 두어도 그 달콤한 향에 마음을 빼앗기고 말 테니까.

나는 개인적으로 장미를 아주 좋아하는 편은 아니다. 장미 특유의 향을 그리 즐기지 않는다. 그런데 오하라 장미는 다르다. 크림색과 연분홍, 두 가지 색상이 있는데 색상에 관계없이 이 장미에서 나는 향은 특별하다. 은은하지만 강렬하고, 달콤하지만 순수하다. 마치 이제 막 사랑에 빠진 순수한 소녀가 생각나는 향이랄까. 눈을 감고 향을 맡으면 그려지는 이미지가 딱 사랑에 빠진 여자다.

아주 여러 장의 작은 꽃잎들이 물결치듯이 모여 있고, 그 꽃잎 하나하나의 촉감은 마치 부드러운 실크 같다. 얼굴의 길이는 짧은 편이지만 위에서 캉캉스커트를 펼친 모양처럼 꽤나 얼굴이 크다. 향이 좋고 모양도 예쁘지만 연약한 편이라 수명이 아주 길지는 않다. 그럼에도 그 고유의 향과 아름다움만으로도 가치가 충분히 있는 꽃이다.

그러고 보니 '미인박명(美人薄命)'이 생각나기도 한다. 너무 예뻐서 오랫동안 곁에 있어 주지 않는 그런 느낌. 영화 〈바람과 함께 사라지다〉의 스칼렛 오하라를 보고 지은 이름인가 싶기도 했다. 너무 예쁘고 아름다운 장미다.

오늘은 연한 핑크 톤으로 장식된 결혼식이 있었다. 그것도 큰 규모의 결혼식 두 건과 작은 규모 하나. 이렇게 여러 건의 결혼식이 있을 때는 밤을 새워야 하는 일도 다반사라 일의 강도가 꽤 센 편이다.

그중에 한 건의 예식에 연핑크의 오하라 장미를 메인으로 사용했다. 좀 비싸고 다루기 까다롭지만 어리고 예쁜 신부님과 잘 어울리고 향도 사랑스러워서 선택한 것이다. 내가 결혼하는 것도 아닌데 마치 내 결혼식인 양 예식홀 안에 가득한 연한 핑크색의 오하라 장미에 너무 황홀했다. 마치 이 장미와 사랑에 빠진 기분이었다. 꽃에 코를 대고 킁킁대는 것도 모자라 머리에 꽃을 꽂고 일할 정도였으니까. 그렇게 하니까 계속 얼굴 주위에 향이 맴돌아 정신없이 바쁜 하루였음에도 황홀하고 기분 좋게 일할 수 있었다.

요즘은 호텔에서 예식을 마치면 하객들에게 식장에 장식된 꽃들을 포장해서 드리는 서비스를 제공하는 경우가 많다. 여러 종류의 꽃을 간단하게 포장해서 드렸는데, 가장 인기가 있었던 꽃은 오하라 장미였다.

하객들에게 포장을 해드리다 보면 이런저런 질문을 받는다. 가장 많이 받았던 질문이 "이 꽃 이름이 뭐예요? 작약인가요?"였다. 꽃 중의 꽃이라 불리는 작약만큼 매력적으로 다가왔던 것 같다. 나처럼 향에 취한 건지 코를 들이대는 분도 여럿이었다.

오하라 장미에 대한 하객들의 호감을 지켜보면서 이 꽃을 선택하기를 정말 잘했다는 생각이 들었다. 내 손이 헐크 뺨치게 변신한 것쯤이야 뭐 어떠랴. 명색이 플로리스트인데 헐크 손가락을 가졌다며 울상을 짓던 방금 전의 나는 어디로 가고 히죽 입가에 웃음이 나온다.

문자메시지 하나 보낼 시간 없이 열여섯 시간 내내 꽃과 씨름하다 왔는데, 퇴근하고 돌아와서 침대맡에 놓인 꽃에 코를 들이밀고는 또 좋아서 웃음이 나다니. 이럴 때 보면 나는 영락없는 꽃쟁이인가 싶다.

향을 맡는 기관인 코는 다른 감각과는 다르다. 눈으로 보고 느끼는 것보다 훨씬 빠른 속도로 정보를 뇌에 전달한다. 코에서 향을 맡으면 그 향의 화학물질이 코에서 받아들여지고 그것이 전기신호로 변환되어 뇌로 곧바로 이동한다. 뇌로 전달되는 속도는 고작 0.2초. 뇌로 전달되는 고속도로라고나 할까. 이만큼 후각은 뇌와 긴밀하게 연결되어 있다.

후각과 뇌의 관계를 이용한 아로마테라피는 약용식물에서 추출한 오일을 이용하지만, 사실 거의 모든 꽃이나 식물에 고유의 향이 있기 때문에 몸과 마음을 다스리는 데 도움이 된다고 한다. 일본 지바 대학교의 미야자키 요시후미 박사는 한 인터뷰에서 "인간은 자연에 있을 때 가장 편안하다고 생각한다."라고 말했다. 그의 말처럼 자연의 일부인 꽃에서 나는 향기는 사람에게 더 나은 기분을 선물해 준다.

플로리스트의 일을 무척 사랑하는 나이지만, 몸을 많이 사용하기 때문에 발이 퉁퉁 부을 정도로 힘든 날이 많다. 그럴 때 으레 꽃향기에 몸을 기댄다. 그러면 하루의 무게가 가벼워지는 듯한 느낌이 들면서 일도 덜 힘들고, 기분도 좋아진다. 오늘 하루가 힘들었다면 꽃향기를 맡아 보면 어떨까? 틀림없이 조금 더 행복해질 테니 말이다.

오하라 장미 / 수채
"사랑의 맹세"

Forgive and forget
히아신스

겨울이 끝나 가는 2월이 되면 화훼시장에는 히아신스로 넘쳐난다. 절화로도 화분으로도 구매가 가능한데, 아주 작은 꽃봉오리가 올라오면서 점점 커지다가 성인의 작은 주먹 사이즈만큼 자라난다. 그러다 어느 순간 꽃을 활짝 피우는데 한 줄기에 수십 송이의 작은 꽃들이 포도송이처럼 모여 하나의 방망이 모양처럼 된다. 꽃을 피우기 시작하면 히아신스 한 대만으로도 방 안이 가득 찰 만큼 매우 강한 향을 내뿜는다. 400명은 수용할 수 있는 큰 공간에 히아신스를 곳곳에 50~60대만 두어도 문을 열면 냄새가 진동할 정도로 향이 진하다.

히아신스는 대표적인 구근(球根) 식물로 알뿌리 모양을 하고 있는데, 그 이름에는 슬픈 신화가 얽혀 있다. 두 가지 이야기로 전해지지만, 그중 그리스 로마 신화에 나오는 이야기를 소개하려고 한다.

히아킨토스라는 미소년을 태양의 신 아폴론이 사랑하게 되었다. 그런데 인기가 많은 히아킨토스를 사랑한 신은 아폴론뿐이 아니라 서풍(西風)의 신인 제피로스도 있었다. 불행은 여기서부터 시작되었다.

아폴론과 히아킨토스가 사랑을 키워 나가며 많은 시간을 보내던 어느 날, 둘이 원반 던지기 놀이를 하며 재미있게 놀고 있는 모습에 질투가 난 제피로스는 바람을 일으켰고, 그 바람에 날아간 원반에 맞아 그만 히아킨토스가 죽고 만 것이다.

슬픔에 빠진 아폴론이 히아킨토스의 이마에 난 피를 찍어 땅에 'Ai Ai(슬프다)'라고 새겼는데, 이 피가 땅에 스며들고 그 자리에서 자주색 빛나는 꽃이 피었다. 그 꽃을 그의 이름을 따서 히아신스라고 부르게 되었다는 이야기이다. 예쁘고 화려한 외형과는 달리 슬픈 이야기가 얽혀 있다. 색에 따라 꽃말이 조금 다르기는 하지만, 그중에 '용서'라는 꽃말이 포함되어 있다.

비극적인 이야기를 담고 있는 꽃에 왜 '용서'라는 꽃말이 붙어 있을까 생각을 해보았다. 살아가다 보면 내가 실수하는 일도 있고, 누군가가 나에게 실수하는 일도 생기기 마련이다. 잘못이나 실수를 하지 않고 미안해할 일 없이 살아가면 좋겠지만 인생은 그렇게 쉽지 않다. 이렇게 누군가가 무엇을 잘못했을 때 그 일을 바로잡는 과정에서 사람들은 용서를 구하거나 용서를 한다.

'용서'라는 말에는 용기가 필요하다. 용서를 해야 하는 경우, 용서를 구해야 하는 경우 모두 마찬가지다. 때로는 상대가 용서를 구하는데도 잘 받아들여지지 않는 경우가 있다. 내가 너무 화가 나버려서 상대의 이야기가 곧이곧대로 들리지 않을 때 그렇다. 내가 보기엔 분명 큰 잘못인데 상대는 그렇게 심각하게 생각하지 않고 '자신이 생각하는 정도의 용서'를 구했을 때도 그렇다. 이런 경우 우리는 서로 마음을 풀 기회를 가지지 못하기도 한다. 그럴 때는 어떻게 해야 하는 걸까?

과거에는 그냥 상대방을 미워했던 것 같다. 상대가 내가 원하는 만큼의 용서를 구하지 않아서 그 간극에서 올라오는 화를 다스리는 데에 급급했으니까. 조금 더 시간이 흘러 생각해보니 잘잘못의 크기를 따지는 건 부질없었다. 나 역시 상대방의 입장에 서서 이해하려는 노력이 부족했다.

이제는 상대가 나에게 '적절한 용서'를 구하지 않아 화가 날 때면 잠시 상대의 입장에 서본다. 그러고는 그 마음을 그냥 흘려보내려고 노력한다. 때로는 정말 이해할 수 없더라도 그러는 편이 평생 내 속을 끓이면서 곱씹는 것보다 나으니 내게도 좋은 일이다.

히아킨토스는 서풍의 신인 제피로스가 바람의 방향을 바

꾸는 바람에 원반에 맞아 죽었다. 제피로스가 아폴론과 히아
킨토스의 관계를 질투한 건 어찌 보면 당연한 감정이지만, 원
반을 히아킨토스에게 향하게 한 것은 명백한 잘못이다. 아폴
론은 히아킨토스가 자신 때문에 죽었다고 생각해 비통해했
기에, 사랑하는 연인에게 자신을 용서해 달라는 의미를 꽃에
담았던 건 아닐까. 상대를 진정으로 이해하지 못한 결말은 파
멸이었고, 어느 누구도 행복할 수 없었다.

　누군가를 용서하고 싶지만 마음대로 되지 않을 때, 그럴 때
히아신스 한 송이를 책상 위에 두면 좋겠다. 책상에 앉을 때
마다 그 향기에 마음을 기대다 보면 이해할 수 없는 어떤 일
들도 조금은 이해할 수 있게 마음이 한 뼘쯤 자랄지도 모르니
말이다.

히아신스 / 아크릴
"용서"

인연에 관한 짧은 단상

백일홍

백일홍의 꽃말은 '인연'.
인연 또는 인맥에 관한 짤막한 나의 단상.

내가 사람을 만나면 가장 먼저 느끼는 것은
그 사람이 가지고 있는 '결'이다.
말로는 설명이 불가능한,
이것은 그 사람 주변의 공기로 알 수 있다.

한때는 '유명하다' 내지는 '잘나간다'는 사람들과
친해지고 싶어서 많은 사람들을 만났다.
나에게 도움이 되고
무언가를 얻을 수 있을 것 같은 사람.
그런데 그러려고 '노력'이란 걸 하면 할수록
내가 자꾸 사라졌다.

수많은 시행착오를 거치고
지금은 안다.
인연이라는 건 그렇게 이어지는 것이 아니라는 걸.

나는 메이저보다 마이너 기질이 강하다.
'유행'보다는 '내가 좋아하는 사소한 것'에
더 관심이 가는 사람이다.
'강요'를 싫어하고 '자유'를 좋아한다.

그래서 처음부터 다시 시작했다.
그 모든 게 욕심에서 비롯되었다는 걸
알게 된 그날부터.

인연은 자연스러워야 한다.
떠날 사람은 온갖 노력을 쏟아 부어도
떠나게 되어 있고,
만날 사람은 어떻게든
만나게 되어 있더라.
이 단순한 논리를 깨닫는 데
참 오래도 걸렸다.

이제는 '잘나가는' 사람보다

'자신만의 색이 잘 드러나는 사람'이 좋고,
'뭔가 얻을 수 있을 것 같은 사람'보다
'나를 나로 살 수 있게 해주는 사람'이 좋다.

생각을 바꾸고 나니
만나는 사람들이 달라졌고
그들은 내 인생의 선물이 되었으며
우리는 좀 더 따뜻해졌다.

누군가는 내게 반문할지도 모르겠다.
또 누군가는 어리석다고 말할지도.
성공을 목표로 삼는 것이 당연시되는 지금의 시대에
'메이저'를 만나는 데
더 노력해야 하는 것 아니냐고 말이다.

글쎄.
지금 내가 사람을 만나고 대하는 방식이
진짜 인간관계라고 믿는다.
내가 생각하는 네트워크, 소위 인맥이라 불리는 것은
'사심 없는 진심'이 밑바탕이 되어야
가능하다고 생각한다.
그렇게 닿은 관계에는 알 수 없는 힘이 있다.

백일홍 / 수채

"행복, 인연"

언제까지나 나의

지금 내 주위의 사람들은
한 사람 한 사람 모두가 반짝이는 별이다.
이것만 봐도 알 수 있지 않을까.

그래서 나는 지금의 방식을 고수할 생각이다.
시간이 좀 더 오래 걸리고
마음이 좀 더 쓰이더라도
내가 즐겁고 상대가 즐거운 관계가
모두를 성장시킬 것이라는 걸
믿어 의심치 않기 때문이다.

나는 그들을 사랑하고
그들은 나를 사랑한다.
그거면 충분하지 않을까.

내겐 너무 소중한
에델바이스

영화 〈사운드 오브 뮤직〉에 나오는 〈에델바이스〉라는 노래를 모르는 사람은 아마 없을 것 같다.

어릴 적 영화에 나오는 노래가 너무 좋아 가족 모두가 한자리에 둘러앉아 영화 속 노래를 따라 불렀고, 몇 번이고 다시 봤던 영화. 커서 어른이 될 때까지도 에델바이스를 실제로 본 적이 없어 그 꽃은 나에게 상상 속에나 있는 추억의 꽃이었다. 생각만 해도 따뜻하고 한순간에 어린 시절의 나로 되돌아가는 꽃이랄까.

아주 큰 행사를 하나 맡게 되었다. 내가 플로리스트로 살면서 몇 번이나 이런 행사를 할 수 있을까 싶을 만큼 흔치 않은 기회였다. 독일과 이탈리아의 미슐랭 3스타를 모시고 저녁 만찬을 준비하는 자리였다. 미슐랭 스타이다 보니 저녁 한 끼 가격이 나의 한 달 점심 값에 달할 정도로 비싼 금액이었지만, 자주 접할 수 있는 행사가 아니다 보니 소문만 듣고도 벌써 예약하고 싶다는 사람들이 줄을 선 행사였다.

그러다 보니 이번 행사는 여러모로 기획 단계부터 철저히 준비해 나가야 했다. 우선은 어떤 메뉴를 짜고 싶은지 셰프의 의견을 듣고 그에 어울리게 홀을 장식하는 것이 내 임무였다. 준비 기간 중에 독일 셰프가 나에게 이메일을 보내왔다. 내용을 보니 에델바이스라는 꽃을 한국에서 구할 수 있느냐는 질문이었다.

'어? 나는 본 적이 없는데……'

그때부터 여기저기 수소문을 하며 에델바이스를 찾아 헤매기 시작했다. 평소 친하게 지내던 꽃시장 도매 사장님이 다행히 소량 구할 수 있을 것 같다고 말씀해 주셔서 나도 독일 셰프에게 가능할 것 같다고 말씀드리고는 그날 장식의 포인트로 에델바이스를 사용하기로 했다. 영화에서나 보았던 꽃을 직접 만나는 것은 행운이었다.

에델바이스는 살짝 은빛이 도는 하얗고 얇은 잎이 여러 장 붙어 한 송이를 이루는데, 꽃잎이 도톰한 게 따뜻한 느낌을 준다. 잎과 꽃 부분이 흰 털로 덮여 있어 더욱 그러한 느낌을 주는 것 같다. 고산지대에서 꽃을 피워서 흔히 보기 힘들다. 어쩐지 구하기 어렵다 싶었다. 유럽에 야생초를 재배하는 농가에서 노력을 기울이고 있다고 한다.

에델바이스란 이름을 풀면 'Edel(고상한)+Weiss(흰색)'로, 고귀한 흰빛이란 뜻이다. 이 이름에는 유래가 있다.

옛날 에델바이스라는 천사가 지상으로 내려와 알프스산 정상에 얼음집을 짓고 살았다. 그러던 중 한 등산가와 우연히 만나게 되는데, 그 등산가는 앳된 소녀가 산 정상 높은 곳에 혼자 있는 것이 신기해 이름을 물었다. '에델바이스'라고 대답하는 그 소녀의 모습이 얼마나 아름다웠던지 그 등산가는 이내 마음을 빼앗긴 채 산에서 내려온다.

산에서 돌아온 후에 그 남자는 사람들에게 자신이 산 위에서 무얼 봤는지를 얘기했고, 사람들은 그 말을 확인하고 싶어 얼음집에 사는 소녀를 보기 위해 산을 오르기 시작했다. 험한 산에 오르는 사람은 늘어 갔지만 등반에 성공한 사람은 아주 극소수였고, 대부분은 등산길에서 목숨을 잃었다.

자신을 보기 위해 등산가들이 많이 죽은 것을 안 에델바이스는 슬퍼하며 신에게 눈물로 기도한다.

"저로 인해 많은 사람들이 죽어 가고 있으니 저를 멀리 데려가세요."

신은 이에 대답해 한줄기 빛을 보내 에델바이스에게 천사의 모습을 돌려주었고, 에델바이스가 사라진 자리에는 한 송이 새하얀 꽃이 피었다고 한다. 높고 험한 산을 오른 사람만이 만날 수 있는 이 꽃의 꽃말은 '소중한 추억'이다.

언제까지나 나의

누구에게나 소중한 추억은 있다. 내가 옹기종기 모여 앉아 〈에델바이스〉를 가족과 함께 부르며 영화를 봤던 그 시간도 결코 잊을 수 없는 소중한 추억이다. 매일을 살아가면서 모든 것이 사라져도 절대 사라지지 않는 것이 있다면 우리 마음속의 추억이 아닐까. 그 추억들이 모여 오늘의 나를 만든다. 힘들거나 과정이 녹록지 않을 때 우리는 추억에 기대어 힘을 내고 살아갈 수 있는 것 같다.

고귀한 흰빛이라는 이름을 가진 에델바이스. 나에게는 어린 시절의 추억으로 기억되는 것처럼 누군가에게도 따뜻하고 아름다운 추억이 되기를 바라는 마음으로 만찬이 진행될 행사장 안을 에델바이스로 정성껏 장식했다. 오늘 이 밤이 기억하고 싶은 멋진 추억이기를.

에델바이스 / 연필

"소중한 추억"

어디서부터 온 걸까?

꽃말의 유래

❀ ❀ ❀

꽃을 사러 오는 고객들이 묻는 질문 중의 하나가 "이 꽃의 꽃말이 뭐예요?"이다.

꽃은 그 자체만으로도 너무 예쁘고 빛나는 존재라 꽃말이 뭐 그리 중요할까 하는 생각이 들기도 한다. 하지만 꽃을 선물하는 사람들에게는 그 의미가 궁금하고 중요하기도 한 모양이다. 하나의 꽃에 여러 개의 꽃말이 담긴 경우도 있고, 전혀 상반된 꽃말을 가지고 있는 경우도 있다. 그럼 이런 꽃말은 누구로 인해, 어디서부터 시작된 걸까?

백 년도 더 된 오래된 외국 서적 중에 《꽃의 언어(Language of flowers)》라는 책이 있다. 1884년에 영국 최고의 일러스트레이터였던 케이트 그리너웨이가 집필한 책으로, 가장 유행했던 꽃말을 담았다. 당시 유럽 사람들은 휴대하기 쉽도록 작게 만들어진 이 책을 하나씩 주머니에 가지고 다녔다고 할 만큼 꽤 보편화되었다고 한다. 초판이 인쇄된 이래 지금까지도 꾸준히 사랑받고 있다.

지금도 사람들은 누군가에게 마음을 전하거나 아픈 사람을 위로하려는 목적으로 꽃을 선물한다. 자신을 위해 사기도 하지만 다른 사람의 마음을 달래기 위한 용도로 많이 사용되어 왔다. 꽃이 가지고 있는 향과 색채가 우울한 기분을 전환시켜 주기도 하고, 실제로 일부 꽃이나 허브 등은 약으로 쓰이기도 해 신성한 의미를 지니기도 했다. 유대 경전에도 꽃의 상징적인 의미가 나온다고 할 만큼 꽃은 오래전부터 여러 의미들을 담아 왔던 것 같다. 꽃의 형태에서부터 자라는 특성, 효능, 그에 얽힌 신화 등에서 꽃말이 만들어져 왔다.

19세기 영국 빅토리아 여왕이 통치하던 시기에는 유난히 정원과 화초, 허브 등을 키우는 것이 발달하고 유행했는데, 꽃의 언어를 담은 책이 나온 것도 이 시기와 맞물린다. 아무래도 이 시기에 식물 육종기술이나 가드닝이 발달하면서 자연스레 호기심과 관심이 증가했던 것 같다.

이 시대의 유럽인들은 계급과 그에 걸맞은 격식, 체통을 중요하게 생각했다. 어떤 생각을 가지고 행동을 했든 겉으로는 품위를 유지하는 일을 중요하게 생각했던 보수적인 시대였다. 그러다 보니 남녀 간의 애정이나 어떠한 감정에 대해 공공연하게 드러내는 것을 꺼렸다. 이 시기에 꽃은 상대에게 자신의 마음을 비밀스럽게 전달하는 도구로 흔히 쓰였다. 아마도 이런 이유로 《꽃의 언어》라는 작은 책을 주머니에 모두 한 권씩 지니고 다녔던 것 같다. 꽃을 선물하거나 받을 때 어떤 의미로 주고받은 것인지 확인해야 하니까. 같은 꽃을 보고 다른 의미로 받아들이면 큰일이니 그도 그럴 법하다.

"당신을 사랑합니다."

"보고 싶어요."

"당신을 그리워하고 있습니다."

자신의 마음을 시나 편지로 전달할 수도 있겠지만, 꽃은 조금 더 쉽고 로맨틱한 감정 전달 수단이었을 것이다. 조금 더 복잡하고 다양한 감정을 전달해야 할 경우에는 꽃에 담긴 의미를 생각해 한 송이씩 꽃을 골라 작은 부케를 만들어 선물했다고 한다. 편지를 대신해 사람의 마음을 연결하는 데 꽃이 명실공히 또 하나의 언어 역할을 했다고 해도 과언이 아닌 것 같다.

지금 유럽인들은 사실 꽃말에 큰 관심이 없다. 아시아나 우리나라도 크게 다르지 않다. 꽃 자체가 주는 아름다움을 즐기며, 그 안에 담긴 뜻 하나하나 큰 의미를 두지 않는다.

나도 평소에는 꽃말에 아주 큰 의미를 담아 꽃을 고르지는 않는다. 하지만 그런 나도 꽃말에 신경을 써야 할 때가 있다. 결혼식이나 일생에서 중요한 의미 있는 행사를 치를 때 그렇다. 여전히 중요한 행사를 치러야 하는 분들은 내게 그날 장식에 이용되는 꽃 중에 가장 많이 사용되는 꽃의 꽃말을 묻는다. 행사와 너무 다른 의미를 지닌 건 아닌지, 부정적인 의미를 내포하고 있는지 이런저런 질문들을 받게 된다. 아마도 행복이 찬란히 빛나야 할 자리에 조금이라도 안 좋은 의미가 끼어드는 걸 원하지 않아서 그럴 것이다. 그분들의 마음을 충분히 이해할 수 있기에, 행사를 맡거나 꽃 선물 포장을 의뢰받았을 때에는 꽃말을 생각해 가며 조금 더 주의를 기울여 꽃을 고른다. 그들의 앞날이 행복하기를 기도하는 마음으로 말이다.

21세기에 들어선 지금에 꽃말 따위는 미신이거나 너무 올드한 것일지도 모른다. 하지만 특별한 날, 예를 들면 일생일대의 단 하나의 사랑이라고 생각되는 사람에게 사랑을 전하고 싶거나, 소중한 사람에게 나의 실수에 대해 사과해야 하거나, 마음을 어루만져 주고 싶은 누군가에게 꽃을 선물해야 한다면, 그에 맞는 꽃말을 골라 작은 다발을 선물해 보는 건 어떨까. 왜 이 꽃을 골랐는지, 어떤 의미로 받아들여지길 바라

는지 작은 마음이 적힌 카드와 함께 말이다. 그냥 일상적인
꽃 선물보다 조금은 더 의미 있는 선물이 되지 않을까?

　선물할 때 꽃말을 담는다면 꽃을 전하는 사람의 마음을 더
의미 있게 전달할 수 있을 것 같아 시중에서 쉽게 구할 수 있
는 꽃들의 꽃말을 적어 본다. 도움이 되기를.

꽃꽂이 / 펜+수채

국화(흰색) 성실, 진실, 감사

메리골드 이별의 슬픔, 반드시 오고야 말 행복

데이지 명랑, 순수한 마음

동백꽃 누구보다 그대를 사랑합니다, 기다림

라넌큘러스 매력, 매혹

라벤더 정절, 기대, 침묵

모란 부귀, 영화, 행복한 결혼

물망초 나를 잊지 마세요

시베리아 순결, 변함없는 사랑

수국 꿈, 순수, 변심

스타티스 변치 않는 사랑

안개꽃 사랑, 성공, 깨끗한 마음

양귀비 위로, 망각

장미 사랑, 존경

카네이션 감사, 존경, 건강을 비는 사랑

카틀레야 당신은 아름답습니다, 우아한 여성

프리지어 시작, 응원

해바라기 기다림, 일편단심

언제까지나

우리의

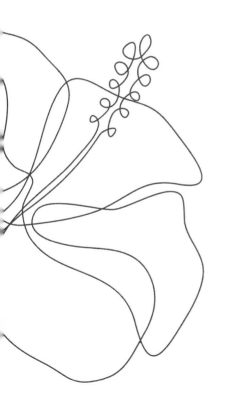

변치 않는 사랑의 아름다움
스타티스

홍대에서 모임이 있어 지나던 길.

술에 기분 좋게 취한 사람들 사이로 노점상 하나가 눈에 띄었다. 얼굴이 복숭앗빛으로 달아오른 남자들이 눈에 익은 꽃을 한 다발씩 사고 있었다. 꽃 노점에 붙어 있는 종이에는 이런 글이 적혀 있었다.

'스타티스, 한 단에 천 원!'

스타티스는 언뜻 봐서는 종이꽃인지 정말 생화인지 잘 구분이 가지 않는다. 아주 얇은 한지 같기도 하고, 구김이 잘 가는 얇은 여름 한복 천 같기도 하다. 코를 들이대 킁킁 깊게 들숨을 들이쉬어도 향기라고는 없고, 꽃송이도 자잘자잘 작아서 인기가 아주 좋은 꽃은 아니다. 게다가 여느 다른 꽃에 비해 재배가 쉬워 가격이 싸다. 건대 입구나 홍대 밤거리에 종종 등장하는 꽃 노점상에 단골처럼 자리 잡은 이유도 아마 그래서일 거다. 볼품없는 가격의 스타티스에 내 시선이 잠시 멈췄다.

열 살 남짓의 5월 어느 날, 푸르게 맑은 날이었다. 새로 이사 온 아파트의 깨끗한 흰 벽과 눈 맞추며 일어난 아침, 눈을 뜨자마자 동생을 불렀다. 나의 생각이었는지, 동생의 생각이었는지 정확하지는 않지만, 우리 둘은 손을 꼭 잡고 서재에 들어가 책상 다리에 기대듯 가만히 누워 있던 브라운 색 가방을 열었다. 항아리 단지 같던 그 가방 속에 알 수 없는 종이들이 가득 들어 있었는데, 그 사이로 봉투 하나가 보였다. 며칠 전 엄마가 거기 넣어 두는 걸 우연히 봐서 쉽게 찾을 수 있었다. 잠깐 생각하다가 5천 원을 꺼냈다.

우리 자매는 그 돈을 들고 동네 꽃집에 들렀다. 문구점에 먼저 들러 카드와 색연필을 이미 산 터라 남은 돈 3천 원으로 살 수 있는 꽃이 많지 않았다. 다른 건 너무 비싸고 뭘 사야 할지 몰라, 주인아주머니에게 선물할 건데 뭐가 좋겠느냐고 물었더니 쥐어 주신 꽃다발이 스타티스였다. 연보라색과 보라색이 어우러져 무척 풍성했던 걸로 기억한다. 만족스러운 발길로 집에 돌아와 정성껏 카드를 썼다. 작전 완료!

저녁식사 시간, 가족이 모두 모인 자리에서 나와 동생은 자랑스러운 얼굴로 '선물'을 전해 드렸다. 부모님은 활짝 웃는 얼굴로 기쁘게 받으셨고, 신이 난 우리는 그날 행복하게 잠이 들었다.

다음 날 아침, 조금 일찍 엄마가 내 방에 들어와 나를 깨우는데 뭔가 평소와 달랐다. 내가 일어나자 엄마는 아무 말씀도 없이 책상 위에 만 원을 올려놓으신다. 잠도 덜 깼고 어안이 벙벙해진 나는 멍하니 엄마를 바라보았다.

"엄마 아빠 선물 사려고 돈 꺼내 간 거지? 돈이 필요해도 그렇게 몰래 가져가면 안 되는 거야. 앞으로 돈이 필요하면 엄마 아빠에게 말하도록 해. 우리 딸이 꼭 필요해서 가져간 것 같은데, 혹시 모자랄지도 몰라서 엄마가 여기 만 원 올려 놨어."

나는 부끄럽고 놀란 마음에 펑펑 울었다.

그날은 어버이날이었다.

어버이날에는 카네이션을 달아 드리고 선물과 카드도 드리는 날인데, 우리 자매는 당시 용돈을 받지 않아서 돈이 없었다. 돈은 모노폴리(미국 보드게임의 일종)나 부루마블할 때 쓰는 거고 도둑은 산타 할아버지처럼 굴뚝으로 오고 가는 사람 정도로 생각하던 시절이라, 죄책감도 없이 엄마 가방에서 5천 원을 꺼내어 어버이날 선물을 사서 드린 거다.

나와 동생은 하루 종일 풀이 죽어 있었지만, 엄마는 우리가 선물한 꽃을 예쁜 꽃병에 담아서 식탁에 보기 좋게 올려 두셨다. 이후 꽃은 한참 동안 그 자리를 지켰고 엄마는 늘 미소 띤 얼굴로 꽃을 바라보셨다. 스타티스는 말렸을 때 형태나 색상이 변하지 않아서 드라이플라워로 많이 사용되기도 한다. 그래서일까. 스타티스의 꽃말 중 하나가 '변하지 않는 사랑'이다.

우연히 길거리에서 만난 연보랏빛 스타티스에 그날의 기억이 떠올랐다.

스타티스를 자세히 들여다보면 꽃 안에 작은 흰 꽃 하나가 별처럼 알알이 박혀 있다. 딸들의 잘못된 행동에도 불구하고 마음을 헤아려 주신 부모님의 별빛 같은 사랑과 닮았다. 향이 좋은 것도 아니고 비싸지도 않지만 스타티스가 나에겐 의미 있고 소중한 이유다.

스타티스 / 수채
"변치 않는 사랑"

계속되어도 좋은 시간
작약

5월, 작약의 계절.

꽃 중의 꽃이라고도 불리고, 5월의 꽃, 신부의 꽃이라고도 불린다. 보통 4~5월이 철이고 그 외의 계절은 대부분 수입으로 조금씩 보급되는 아무 때나 만나기 힘든 꽃이다. 배우 김남주 씨와 한가인 씨 결혼식에서 부케로 사용될 만큼 결혼식에 빠지지 않는 꽃. 그만큼 탐스럽고 향기롭다.

꽃 한 송이가 몽우리일 때는 엄지손가락 두 마디 정도로 작지만, 꽃이 피어나기 시작하면 어른 주먹보다 더 커지며 진한 향을 내뿜는다. 그 향이 얼마나 부드럽고 황홀한지, 작약의 계절이 되면 나는 집에 꼭 작약을 꽂아 둔다. 일 년 열두 달 내내 보기 힘든 꽃이기도 하고, 몸값도 비싼 아이라 5월, 자신의 계절을 만난 작약을 놓치고 싶지 않아서다.

작약은 여러 장의 꽃잎으로 한 송이를 이루는데, 꽃잎 각각이 매우 얇아 마치 노방천(얇은 비단의 종류) 같다. 흰색부터 연분홍, 진한 분홍, 자주색까지 색상도 다양하다. 그중에서도 공주처럼 화사하고 연한 분홍색 작약의 이름이 '사라'다. 운 좋게도 내 이름과 같다.

봄기운이 완연해져 거리를 걷다 보면 가끔씩 길거리에서 작약을 만난다. 화려하고 탐스러운 모양새와 바람을 타고 날 아오는 향기가 지나가는 사람들의 발걸음을 멈추게 할 만큼 매력적이다.

작약의 꽃말은 '수줍음'이다. 이렇게 크고 탐스러운 꽃에 왜 이런 꽃말이 붙어 있을까 싶겠지만, 작약이 몽우리일 때를 보면 이해가 가기도 한다. 꽃이 피기 전, 몽우리일 때의 작약 은 수많은 꽃잎을 감추고 있어서 그런지 아주 단단하다. 과연 이 몽우리가 열리기는 할까 싶을 만큼 앙다물고 있는데, 거기 서 커다랗게 꽃이 피어나는 게 상상이 안 된다. 그러다 꽃이 피어나기 시작하면 완전히 자신을 다 드러내 보인다. 다 내보 이기 전 부끄러워 잠시 단단한 겉잎 안에 자신을 감추고 있었 던 건 아닐까. 그렇게 생각하니 '수줍음'이라는 꽃말에 고개 가 끄덕여진다.

사랑을 시작한 지 얼마 되지 않았을 때 잠든 연인의 얼굴을 바라보면 미소를 감출 수 없는 것처럼, 바라보고만 있어도 기 분이 좋아지는 작약. 잠들어 있는 연인의 얼굴을 가만히 바라보는 것처럼 기분이 좋아지는 일도 드물다. 작약은 그 순간을 참 많이 닮았다.

아직은 어두운 새벽 햇살에 먼저 기분 좋게 눈이 떠진 내가 한참을 그냥 바라볼 때 느껴지는 감정. 잠시 시간이 멈추어진 것 같은 느낌. 그렇게 바라보다 더 이상 참을 수 없다는 듯, 수줍지만 조심스럽게 이마에, 뺨에, 볼에, 입술에 가볍게 입을 맞춘다. 무슨 일인가 싶어 눈을 뜬 그가 피식 웃을 때까지 그렇게 말이다. 지금 내 앞에 있는 사람이 사랑스러워 못 견디겠다는 표정으로 생글생글 웃으며 퍼붓는 키스는 정말이지 그 어떤 꽃향기보다 달콤하다. 그 순간 상대방은 눈을 감고 그 기분을 만끽하고 있을 테지만, 나는 그 순간만큼은 온전히 그 사람을, 그 시간을 다 소유한 것 같은 기분이 든다.

아무리 연인 관계라 해도 결국 남과 남이 만난 사이다. 그러니 어느 순간도 상대를 백 퍼센트 소유 또는 이해한다는 것은 불가능하다. 아직 세상이 잠들어 있고 나만 깨어 있는 그 시간에만 가능한 일인지도 모르겠다.

이 넓은 세상에 시간이 멈춰 있고 우리 둘만 존재하는 것 같은 기분은, 어느 아침에 느껴도 좋을 일이다. 몽글몽글하고 달콤한 기분은 마치 작약에 코를 대고 킁킁거리며 그 향을 만끽하는 것과 비슷하다.

꽃말만큼 작약에 얽힌 이야기도 참 예쁘다.

옛날에 페온이라는 공주가 이웃 나라의 왕자와 사랑에 빠졌다. 왕자는 전쟁에 나가야 하는 상황이 되었고, 공주에게 기다리라는 말을 남기고 전쟁터로 향한다. 공주는 무사히 돌아오기를 기도하며 왕자를 기다렸지만, 전쟁이 끝났는데도 왕자는 돌아오지 않았다. 모두가 왕자가 죽었을 거라고 말했지만 공주는 다른 이들의 말을 믿지 않았다. 반드시 돌아올 거라 믿으며 공주는 계속 자신의 사랑을 기다렸다.

그렇게 기다리기를 여러 해. 길을 지나는데 눈먼 악사의 노랫소리가 구슬퍼 귀를 기울이니, 왕자가 먼 땅에서 돌아오지 못하고 공주를 그리워하다 죽어 모란꽃이 되어 공주를 기다리고 있다는 내용이었다. 공주는 악사의 노래에 나오는 나라를 찾아갔는데, 정말 그곳에 모란꽃이 있었다.

공주는 모란 곁에서 신들에게 마음을 다해 기도한다.

'다시는 서로 떠나지 않게 해주세요.'

공주의 진심에 감동한 신들은 공주를 그 모란꽃 옆에 탐스러운 작약으로 피어나게 해 영원히 둘이 같이 있게 되었다고 한다. 공주의 이름이 페온, 작약의 영어명은 피오니(Peony). 참 여러모로 로맨틱한 꽃이다.

사계절 내내 작약을 만났으면 싶지만, 어쩌면 '휙' 소리를 내며 빨리 지나가는 봄에만 만날 수 있어서 더 귀하고 좋은 건지도 모르겠다.

여전히 난 봄이 오면 작약을 한 아름씩 사다 둔다. 길거리에서 작약을 만날 때면 한참 그 꽃을 바라본다. 잠시 멈춰 선 그 시간에 혼자 조용히 미소 지으며 나를 온통 꽃으로 채운다. 마치 사랑이 시작되었을 때 서로가 하나가 되는 것처럼. 그렇게 조용히 수줍은 미소를 지으며 봄과 대화한다. 정말이지 내가 너무나 사랑하는 순간이다. 작약을 바라볼 때도, 사랑하는 사람을 바라볼 때에도.

작약 / 수채

"수줍음"

불완전하나 영원하기를
보라색 장미

며칠 후 행사에 사용해야 할 장미가 도착했다. 족히 백 단은 되어 정신없이 꽃을 정리했다. 보라색이 그날의 콘셉트였기에 행사장 안은 온통 보라색이었다.

나는 보라색을 참 좋아하지만, 예식에 쓸 때는 주의하는 편이다. 보라색 장미는 '영원한 사랑'과 '불완전한 사랑'이라는 의미가 상충하기 때문이다. 모두가 그런 것은 아니지만 꽃말에 유독 신경을 쓰시는 신랑신부도 있기 때문에, 그런 분들께는 잘 설명드리고 의견을 조율해 무리가 없게 진행한다.

이번 행사는 결혼식만큼 세세하게 신경 쓸 게 많은 큰 규모의 행사는 아니어서 편한 마음으로 내 앞에 산처럼 쌓여 있는 보라색 장미를 다듬고 집에 돌아와 버릇처럼 TV를 켰다.

"넌 그렇게 고결하냐, 한 번도 안 헤퍼 봤어? 그게 잘못된 거니? 누가 사랑을 고 따위로 자기 것 다 움켜쥐고 한대, 싸가지 없게! 헤퍼야 사랑이야, 바보 천치야!"

자극적인 대사에 옷을 갈아입다 말고 자연스레 내 눈은 TV로 향했다. KBS 단막극 〈조금 야한 우리 연애〉의 대사. 어쩜 그렇게 정곡을 찌르던지.

우린 때때로 사랑을 한다고 하지만, 그 사람보다는 사랑 자체에 매달린다. 얼마나 주고 얼마를 받았는지, 얼마만큼 하면 얼마가 돌아올 건지, 지금 그 사람이 내가 그만큼 줄 가치가 있는지 아니면 다른 사람이 나은지, 헤어질 때 상처를 조금이라도 덜 받으려면 어떻게 해야 하는지. 이렇게 갖가지 생각으로 고결하고 도도한 '척' 사랑이란 걸 한다.

생각이 앞서 있다면 그건 이미 사랑이 아니다.
사랑은 내 것 다 움켜쥐고는 할 수가 없다.
나중에 무엇이 돌아오더라도, 상처가 크게 남더라도,
내 것을 놓아 줘야만 할 수 있는 것이다.
생각이 앞서 있는 사랑을 마음으로 포장해 봐야
포장지만 한 겹 뜯으면 그냥 생각일 뿐이다.
어쩜 우리는 사람의 마음이 아닌,
사랑이란 감정 자체를
사랑하고 있는 것인지도 모르겠다.

사랑에 대해 이렇게 적어 본 적이 있다. 두 가지의 완전히

157

다른 듯 보이는 꽃말을 가진 보라색 장미처럼, 우리의 사랑은 대부분의 시간 동안 늘 불완전하다. 사랑이 완벽하거나 영원하기란 좀처럼 힘든 일이다. 누가 보라색 장미에 의미를 부여한지 알 수 없지만, 늘 불완전하지만 영원했으면 하는 사랑을 기대하는 마음에 그렇게 지은 건 아닐까. 헤퍼야 사랑이라는 말이 그래서 마음에 들어왔다.

영원하지 않을 수도 있는 사랑에 영원을 바라며 자신의 모든 걸 있는 그대로 내어 주는 사랑. 사랑이란 그런 마음으로 해야 하는 건 아닐까.

파스칼도 이렇게 말하지 않았던가.
바닷물만큼의 이성보다 한 방울의 사랑이 더 많은 것이라고.

보라색 장미 / 수채
"영원한 사랑, 불완전한 사랑"

언제까지나 우리의

천국의 향

치자꽃

"어떤 꽃 제일 좋아하세요?"

플로리스트로 살면서 사람들에게 가장 많이 받는 질문 베스트 3 중 하나다. 늘 빠지지 않고 듣는 질문이다. 이 질문을 들으면 대답하기가 '대략 난감'이다. 다른 사람들은 어떤지 모르겠지만 나는 딱히 좋아하는 꽃도, 싫어하는 꽃도 없다. 좀 더 정확히 말하자면 그냥 다 좋다.

처음 꽃을 다루기 시작했을 때는 나름 분명하게 좋아하는 꽃이 있었다. 작약이었는데, 꽃송이가 어른 주먹보다도 크고 향이 좋으며 색이 고급스럽다. 꽃 가격은 비싼 편이다. 몇 년쯤 지났을 때는 값이 비싼 만큼 꽃 한 송이 한 송이가 크고 점박이 무늬가 송송 박혀 있는 붉은 오렌지색의 반다가 그렇게 좋았다.

플로리스트로 제법 긴 시간을 지나온 지금은 어떤 한 가지 꽃이 좋다고 말하는 게 매우 조심스럽다. 그렇게 말하기엔 각각의 꽃이 가진 개성과 매력이 다르기 때문이다. 장미만 해도 종류가 다양하고 수백 종의 장미마다 형태와 향이 달라서 좋고, 해바라기는 꽃이 큼직하고 밝은 노란색이 우울한 기분을 즐겁게 해줘서 좋고, 델피늄은 여리여리하고 천사 같은 자태에 연한 파스텔 색이라 좋다.

어떤 꽃을 좋아하느냐는 질문에 한참을 머뭇거리다 "음… 어려운 질문이네요."라고 답하면, 사람들은 '전문가라는 사람이 뭐 이래?'라고 의아해할지도 모르겠다. 하지만 꽃이 가진 각각의 매력을 다양하게 접하고 빠져 보지 않은 사람들은 모른다. 얼마나 고난이도의 질문인지. 다들 딱 떨어지는 대답이 듣고 싶은 모양이다. 이 질문에 멋지게, 전문가답게 대답하려고 한참 동안 머리를 요리조리 굴려 봤다. 그래서 요즘은 이렇게 대답한다.

"꽃을 다 좋아해요. 그런데 꽃의 향만 생각한다면 가장 매력적인 꽃은 가드니아예요."

가드니아는 우리나라 명칭으로 치자꽃이다. 치자는 지역마다 조금 다르겠지만 대략 장마가 시작하는 6~7월 즈음에 개화하고, 꽃이 피어 있는 시기가 길지 않다. 예전에 어른들이 '치자꽃이 피면 장마가 시작되고, 치자꽃이 지면 장마가 끝난다'라고 말했던 이유가 아마 여기에 있을 것 같다. 이 말이 실제로도 신빙성이 있어 농업기술원에서 2011년경 기상 전망을 예측할 수 있는 지표식물로 치자꽃을 정식으로 등록했다.

이 시기에 화훼시장을 돌다 보면, 유난히 맑고 푸른 초록빛 잎사귀와 도톰한 크림 같은 느낌의 치자꽃에 시선이 멈춘다. 오랫동안 꽃을 보고 싶은 욕심에 아직 꽃이 피지 않은 몽우리가 많은 화분을 골라 집에 들여 두면 며칠 새 꽃을 피운다. 빠르게 돌아가는 일상에 자신의 존재를 잊어버린 나에게 관심을 받고 싶었는지, 집 현관부터 진한 향기가 가득하다. 한번 맡아 보면 절대 잊을 수 없는 치자의 향.

치자꽃의 향은 진하고 달콤하고 매력적이고 근사하다. 향이 깊고 강한 편이라 멀리서도 향이 느껴지는데, 한번 맡으면 한참 그 자리에 머물고 싶을 만큼 환상적이다. 여러 명품 브랜드에서 치자향을 향수로 만들어 팔고 있지만, 그 어떤 향수도 치자꽃 본연의 향은 따라올 수 없다. 그래서 나는 치자의 계절이 돌아오면 소중한 사람들에게 '사랑스러운 순간'을 맛보라고 치자를 자주 선물하곤 한다.

치자에는 예쁜 전설이 있다. 영국에 '가드니아'라는 이름의 예쁘고 순결한 소녀가 살고 있었는데, 이 소녀는 자신과 닮은 흰색을 사랑했다. 이 소녀를 지켜보던 하늘의 천사가 소녀에게 작은 씨앗을 주며 잘 키워 꽃이 피면 키스를 하라고 하였다. 천국에서만 피는 꽃을 볼 수 있을 것이라며 말이다.

소녀는 씨앗을 심고 싹이 나서 나무가 자랄 때까지 정성껏 가꾸었다. 마침내 꽃이 피었는데 향이 너무 좋고 한 번도 본 적이 없는 아름다운 흰색 꽃이었다. 정말 천국에서만 피는 꽃이라 그랬을까? 꽃이 핀 후 소녀는 천사를 다시 만나게 되는데, 천사는 꽃을 정말 잘 피웠으니 순결하고 훌륭한 청년을 만나 결혼하게 될 것이라고 말한다. 소녀는 자신이 정말 그런 사람을 만날 수 있을까 의아해하며 천사에게 물었다. 천사는 미소를 지으며 아름다운 청년으로 변했고 자신이 바로 그 사람이라고 말했다. 가드니아는 그 남자와 오래도록 행복하게 살았다고 한다.

치자꽃 / 수채

"순결, 행복, 한없는 즐거움"

예쁜 전설만큼 황홀한 향을 가진 치자는 동양의 약초학에서 우울증, 두통, 걱정, 불면 등을 완화시키는 데 사용하기도 했다. 장마가 시작될 것같이 푹푹 찌는 날씨라면 동네 꽃집이든 화훼시장이든 치자나무 몇 그루를 사보라고 권하고 싶다. 나를 위해 하나, 내가 사랑하는 사람들에게 하나씩.

지루한 장마 기간 동안 이 꽃이 내뿜는 천상의 향과 함께 치자의 꽃말처럼 '한없이 즐거워지는' 순간을 즐겨 보길 바란다. 선물 받은 사람들이 전해 오는 인사는 덤이다. 즐거워지는 순간을 선물하다니! 이 얼마나 근사한 일인가.

그날의 기억
반다

따르르릉.

새벽 6시, 전화벨이 울렸다.

발신자를 확인해 보니 회사다. 이 시간에 전화가 오는 일은 흔치 않다. 잠이 덜 깬 머리를 한번 휘리릭 흔들어 정신을 차리고 전화를 받았다.

"오늘 저녁에 행사가 있어요. 원래는 외부 플라워 업체에서 들어와서 장식하기로 되어 있었는데, 문제가 좀 생겨서 우리가 맡아서 진행해야 할 것 같아요. 전화번호 넘겨줄 테니까 이쪽으로 연락해 보세요."

행사를 맡아서 진행하려면 관계자 미팅부터 기획과 진행까지 짧게는 며칠에서 길게는 수주가 소요된다. 갑자기 무슨 일인가 싶어 일단 받은 연락처로 전화를 걸었다.

"이른 시간에 죄송합니다. 오늘 행사에 플라워 장식을 저

희가 맡았으면 하신다는 연락을 받았습니다. 어떤 일인지 알
수 있을까요?"

수화기 너머에서 들리는 목소리는 우아함이 한껏 배어 있
고 연배가 좀 있는 듯한 여성이었다.

그녀의 얘기를 들어 보니 행사는 당일 오후에 진행되는데,
플라워 업체와 커뮤니케이션에 문제가 있었던 모양이다. 디
스플레이에 사용된 꽃의 종류와 모양이 행사의 의도와 많이
어긋나 있었는데, 워낙에 중요한 행사라 그대로 진행하기가
어려워 급하게 우리 회사로 연락을 한 것이다.

행사장에 디스플레이를 마무리하는 시간은 오후 2~3시경
이어야 했고, 규모도 생각보다 컸다. 행사를 미룰 수도 없고,
사정상 우리 쪽에서 맡아서 하는 것 말고는 방법이 없었던지
라, 머리가 바쁘게 돌아가기 시작했다. 행사를 진행하기에는
여러 가지로 무리였다. 일단 우리가 구비하고 있는 꽃의 수량
이 너무 적었고, 문화재단의 행사여서 웨딩에 사용하는 꽃을
쓰기에는 적당하지 않은 데다, 시간도 너무 없었고 인력도 모
자랐다. 일단 대충 씻고 급하게 호텔로 들어갔다.

꽃은 턱없이 부족했다. 그 주의 결혼식에 쓸 꽃을 가지고
있었는데 온통 색상이 하얀색이었다. 이번 문화재단 행사에
는 어울리지 않는 색상이었다. 기획의도를 전화상으로 간략

하게 들은 터라 흰색만으로는 부족할 것 같다는 판단이 들었다. 전국에서 학술적으로 세상에 기여했다고 인정받은 훌륭한 분들을 모아 수상하는 자리였기 때문이다. 그 재단에서 일 년에 한 번씩 하는 꽤 큰 행사였기 때문에 매우 중요했다. 고민할 시간이 많지 않았다. 이미 시계는 오전 8시를 넘어가고 있었다.

'그래, 보라색!'

보라색은 고대에 귀족과 왕족만이 사용할 수 있는 매우 특수한 색이었다. 보라색이 특정 종의 뿔소라에서만 소량 채취가 가능했기 때문에 아무나 그 색을 쓸 수 없었다. 워낙 희귀한 염료여서 경제적으로도 상위계층이어야 했고, 권력의 상징같이 여겨져 평민 계층이 사용할 경우 일부 국가에서는 대역죄인으로 취급받을 정도로 무게감이 있는 색이다. 현대 사회에서는 우아함의 상징처럼 쓰이기도 하니 학술재단이 주최하는 오늘 행사에 포인트컬러로 적합하다 싶었다.

보라색을 나타내는 꽃은 계절에 따라 좀 다르긴 하지만 여러 가지가 있다. 리시안셔스, 스톡, 델피늄, 장미 등등. 그중에서도 우아함의 절정은 역시 난(蘭) 종류의 꽃이다. 그렇다면 보라색 반다!

반다는 다섯 장의 꽃잎으로 이루어져 있는데 꽃잎이 일반적인 꽃보다 조금 두껍고 크기도 크다. 색상은 다양한데, 보

언제까지나 우리의

라색 반다는 작은 얼룩이 반복적으로 있거나, 잎맥을 곁에 그려 놓은 듯한 무늬가 있다. 색상과 꽃의 화형이 모두 화려하고 아름다워 존재감이 강하지만 난 특유의 품위와 우아함을 갖추고 있어서 호텔 장식에 자주 쓰이는 꽃이다.

프랑스 파리에 가면 포시즌 조지 V 호텔이 있다. 이곳을 총괄하고 있는 플라워 크리에이티브 디렉터는 제프 레섬(Jeff Leatham)이다. 패션모델이었다가 직장을 구하기 위해 플라워 숍에 지원서를 낸 것을 시작으로 플로리스트의 길로 들어섰다가 명성을 얻어 포시즌 조지 V 호텔을 총괄하게 된다. 지방시, 알렉산더 맥퀸, 에르메스 등 수많은 명품 브랜드들과 콜라보를 했고 롤스로이스와도 협업했으며 미국 배우 에바 롱고리아의 결혼식에서 꽃장식을 담당하기도 했다. 꽃을 싫어하던 에바 롱고리아가 자신의 결혼식에 제프 레섬이 해놓은 웨딩 꽃장식에 반해 꽃을 좋아하게 되었다는 일화는 유명하다. 국내에서는 신라호텔과 협업하고 있으며 고소영, 장동건 결혼식의 꽃장식을 맡아 한 것으로 잘 알려져 있다. 플로리스트들 사이에서는 이름만 들으면 알 정도로 세계적으로 유명한 인물이기도 하다.

이런 그가 장식에 아주 자주 사용하는 꽃이 반다이다. 절화로 사용하기도 하고, 착생식물로 뿌리가 노출되어 자라는 식물이다 보니 뿌리째로 그대로 사용하기도 한다. 반다라는 꽃이 생김새가 워낙 독특한 분위기를 가지고 있기도 하고 오묘하고도 귀족적이고 우아한 느낌을 주어서 상류층이 자주 이용하는 호텔에 잘 어울린다고 판단했던 것 같다. 그가 하는 장식을 눈여겨보던 나도 반다를 호텔 장식에 자주 이용했다.

반다를 구하기 위해 서둘러 수소문을 했다. 꽃시장부터 다른 호텔까지 연락을 취할 수 있는 모든 곳에 전화를 걸었다. 다행히도 행사를 치를 만큼의 양을 확보할 수 있었고 무사히 그날의 행사를 치러 낼 수 있었다. 꽃이 행사와 너무 잘 어우러져 감사하다는 인사도 받아 기분 좋게 마무리한 하루였다.

반다는 '애정의 표시'라는 꽃말을 지니고 있어 결혼식이나 행사에도 자주 사용된다. 중요하고 조금은 격식이 필요한 자리이거나 꽃 한 송이로도 멋들어지게 표현하고 싶을 때 반다를 추천한다. 한 송이로도 그 자태를 뽐내는 신비롭고 아름다운 꽃. 그 존재감만큼이나 그 꽃을 전달하는 나도 반다처럼 기억되지 않을까.

반다 / 색연필
"애정의 표시"

기적
파란 장미

살다 보면 기적이 일어났으면 하는 순간이 있다.

플라워숍에 중년 여성 한 분이 들어왔다. 근심이 담긴 듯한 얼굴로 파란 장미를 주문했다. 냉장고에서 파란 장미 한 송이를 꺼내 포장을 하려는데 이런저런 이야기를 늘어놓으신다. 들어 보니 아들이 여러 해 동안 중요한 시험에서 낙방을 한 모양이다. 이제 마지막이라 생각하고 이번에 시험을 보는데 꼭 붙었으면 좋겠다고 한숨 어린 말을 하시며, 그래서 파란 장미를 주문하는 거라고 했다. 파란 장미의 꽃말이 '기적'이라면서.

자연에서 쉽게 만들어지지 않는 색들이 있다. 존재하지 않는 건 아니지만 쉽게 찾기 어려운 색들. 그중 하나가 하늘보다 더 새파란 블루이다.

꽃을 다루다 보면 하늘색은 종종 만나게 되지만 아주 진한 블루를 만나는 것은 소수의 꽃에서만 가능하다. 장미에서 파란색은 인위적으로 염색하지 않으면 불가능하다. 장미의 색을 결정짓는 여러 색소가 있다. 예를 들면 안토시아닌이라는 색소는 붉은색을 띠게 하는데, 녹색인 엽록소와 한 꽃 안에서 어우러지면 검붉은 보라색을 띤다. 파란색을 만들려면 파란색 색소인 델피니딘이 있어야 하는데 장미에는 이런 색소를 만드는 유전자가 들어 있지 않아 자연적으로 파란 장미는 존재하지 않았다.

자연적으로 존재하지 않았기 때문에 예전에는 염색한 파란 장미의 꽃말은 '이루어질 수 없는 사랑, 불가능한 일, 얻을 수 없는 것' 등 주로 부정적인 의미를 담고 있었다. 파란 장미가 자연적으로 생기지 못한 이유에 대해 로마 신화에서는 이렇게 말하고 있다.

꽃의 여신 플로라가 총애하는 님프의 죽음을 기리려고 님프의 유골을 모든 꽃이 숭배할 정도의 불사의 꽃, 여왕으로 만들어 달라고 올림포스의 신들에게 요청했다. 신들은 그 청을 받아들여 죽은 님프를 정열적인 붉은 장미꽃으로 재탄생시켰는데, 영원한 사랑을 기리기 위해 붉은색으로 표현했다고 한다. 꽃의 색을 정할 때 죽음을 상징하는 차가운 파란색은 피했다는 전설도 있다. 다시는 이별하고 싶지 않아서 그랬다고 하던데, 파란 장미가 자연적으로는 존재하지 않았던 동화 같은 유래라면 유래랄까.

사람들은 파란 장미를 가지고 싶어 흰 장미에 파란 염료로 염색을 해서 사용해 왔고, 과학자들은 파란 장미를 만들려고 무려 800년 동안이나 노력해 왔지만 실패했다. 그러다 마침내 2009년 일본의 산토리 플라워즈(サントリーフラワーズ)와 오스트레일리아의 플로라진에서 13년간의 유전자 조작기술을 이용해 파란 장미를 만들어 냈다. 파란 색소를 꽃잎에 거의 백 퍼센트 포함하고 있는 파란 장미 '산토리 블루 로즈 어플로즈(SUNTORY blue rose APPLAUSE)'를 일본의 수도권, 간사이 지방 및 아이치현에서 2009년 11월 13일부터 판매하기 시작했다. 산토리사는 꽃의 이름에 '꿈을 이루는 사람' 혹은 '꿈에 도전하는 사람'에게 용기를 북돋아 주는 박수갈채를 보낸다는 뜻으로 '갈채'라는 의미의 '어플로즈(APPLAUSE)'를 넣었다.

실제로 출시되었을 때 한 송이에 2천~3천 엔(한화 26,000~39,000원) 정도의 고가로 판매했지만, 판매 10분 만에 매진될 정도로 인기를 누렸다. 불가능을 가능으로 만들었기에 지금 파란 장미의 꽃말은 '기적', '희망', '도전'이다. 파란 장미를 탄생시키기까지 도전했던 사람들의 꿈과 열정이 담겨 있기에 많은 사람들이 열광하는 건 아닐까. 아직까지는 완벽히 파란색이라기보다는 보라색에 가까워서 보완하는 기술이 더 필요하지만, 노력하면 불가능이 가능해질 수도 있다.

중요한 시험을 앞두고 있다거나, 마음에 쏙 드는 새로운 인연을 만났다거나, 너무 힘든 일이 생겨 기적이 일어났으면 좋겠다거나 할 때 사람들은 파란 장미를 사러 온다. 마치 천주교인들이 성당에 가고 불교인들이 절에 가는 것처럼, 그런 간절한 마음을 꽃 한 송이에 담아 간다. 그래서 나도 아직 완벽하지 않은 파란 장미지만 아들의 합격을 바라는 손님의 소원을 기적처럼 이루어 드렸으면 좋겠다는 마음으로 정성 들여 포장했다.

알베르트 아인슈타인이 이런 말을 한 적이 있다.

There are only two ways to live your life.
One is as though nothing is a miracle.
The other is as though everything is a miracle.

—Albert Einstein

인생을 살아가는 방법은 오직 두 가지밖에 없다.
하나는 기적은 존재하지 않는 것처럼 사는 것이고,
다른 하나는 모든 것이 기적인 것처럼 살아가는 것이다.

—알베르트 아인슈타인

이런 마음으로 살아가면 소원이 이루어지지 않을까.

시간이 지난 지금 그분의 아들이 합격했는지 어떤지는 알 길이 없다. 하지만 매일매일이 기적인 것처럼, 파란 장미 한 송이와 함께 원하는 모든 일을 이루어 가며 살아가기를 간절히 바란다.

파란 장미 / 수채
"기적, 희망, 도전"

남자가 꽃을 주문하는 방법
붉은 장미

100% vs. 5%.

이 수치는 무엇을 나타내는 걸까? 정답을 얘기하기에 앞서, 꽃에서 수치가 무엇을 의미하는지 상상해 보라고 말하고 싶다.

영국에서 아주 흥미로운 실험이 진행된 적이 있다. 개인에 의해 진행된 이 실험은 순전히 상업적인 목적으로 시도되었는데, 결과로 나타난 수치가 꽤 주목할 만하다.

먼저 일반인을 대상으로 몇 가지 종류의 꽃다발 사진을 보여 줬다. 그리고는 남성들이 생각하기에 선물하기 좋은 멋진 꽃다발과, 여성들이 생각하기에 받거나 선물을 할 때 기분 좋은 꽃다발을 고르게 했다. 꽃다발 사진은 몇 가지 종류가 있었는데, 그중에서도 도드라진 것 중 하나는 전형적이다 싶을 만큼 빨간 장미로만 이루어진 큰 사이즈의 꽃다발이었고, 다른 하나는 들판에서 막 꺾어 온 것같이 자연스럽고 적당한 사이즈의 꽃다발이었다. 남성들은 거의 예외도 없이 전부 크기가 커다란 빨간 장미 다발을 선택했고, 여성들은 잔잔하고 소박한 들판에서 꺾은 것 같은 꽃다발을 선택했다.

앞에서 얘기한 '100% vs. 5%'라는 수치 중의 100%는 남성을 대상으로 몇 가지 예시 사진을 보여 준 뒤 꽃집에서 꽃다발을 구매할 때 어느 것을 고르겠느냐고 묻자 붉은 장미 꽃다발 사진을 고른 경우이고, 5%는 같은 예시 사진을 여성에게 보여 주었을 때 붉은 장미 꽃다발을 고른 경우이다.

달라도 어쩌면 이렇게 다를까.

남자와 여자는 각각 화성과 금성에서 왔다고 표현할 만큼 다르다고는 하지만, 정반대의 선택을 한 이 결과를 보니 과연 그 말이 틀리지는 않구나 싶다. 실제로 플라워숍에 오시는 고객분들을 보면 색이 강한 장미 다발은 남성분들이 주문하시는 경우가 대부분이고, 여성분들은 주로 파스텔 계열의 꽃을 선호한다.

물론 붉은 장미는 충분히 아름답다. 하지만 선물이니까 이왕이면 받는 사람의 취향을 고려한다는 차원에서 조심스레 의견을 전해 드리고자 한다. 꽃을 고르기가 어렵거나 붉은 장미만이 꽃다발의 정수라고 생각하는 남성분들에게 한 가지 힌트를 드리고 싶다.

트렌드에 따라 꽃의 선호도는 달라지지만, 트렌드와 관계없이도 선물했을 때 리스크가 적은 꽃의 종류가 무엇인지 묻는다면 '은은한 파스텔톤'의 꽃이라고 말씀드리고 싶다. 파스텔톤의 꽃은 여성성을 잘 부각시킬 수 있다고 할 만하다. 만약 파스텔톤의 꽃다발이 다소 심심하게 느껴진다면 살짝 거친 느낌을 추가하여 더 멋진 꽃다발을 만들 수 있다. 예를 들어 산동백이나 벚꽃 등의 가지를 섞어 본다거나 엽란이나 스틸그라스 같은 그린 계열의 소재를 섞어서 만들어 달라고 주문하는 거다. 꽃의 종류가 수만 가지니 원하는 꽃이나 풀의 이름을 정확하게 말하기가 어렵다면 이런 식으로 주문을 해도 괜찮다.

"여자친구가 파란색을 좋아하는데 파스텔블루 톤 꽃이면 좋겠어요. 너무 정형화된 느낌보다는 좀 자연스러웠으면 좋겠고요."

"오늘은 기념일인데 좀 특이하게 보라 계열의 꽃으로 너무 진하지 않고 엣지 있게 근사한 꽃다발을 선물하고 싶어요. 흔한 느낌보다는 특별한 날이니만큼 조금 독특해도 좋을 것 같아요."

이를테면 이런 식으로 말이다. 그중 한두 가지 꽃은 선물하는 목적에 맞게 꽃말이 담겨 있으면 더 좋을 것 같다.

그냥 꽃다발 얼마짜리 해주세요, 라고 주문할 경우 그 플라워숍이 가지고 있는 감각대로 제작하게 된다. 방문한 플라워

숍의 스타일이 마음에 든다면 그것도 나쁘지는 않을 것 같다. 하지만 무심히 들른 곳이라면 꽃을 주문하기 전에 그 사람과 어울릴 색을 생각해 본다든가, 오늘은 이런 날이니까 이런 느낌이 나면 좋겠다든가 등의 생각을 먼저 해보고 구체적으로 주문하는 것도 도움이 된다. 그래야 충분히 고객의 의견을 반영해 그에 부합하는 꽃다발을 만들 수 있기 때문이다.

붉은 장미 / 색연필

"불타는 사랑, 사랑의 비밀, 아름다움"

꽃다발을 주문한다는 건 섬세함이나 감각적인 면보다 직관적이고 논리적인 면이 더 강한 남성들의 성향에 조금 어려운 일일지도 모르겠다. 꽃다발을 들고 있는 것 자체도 다분히 민망하고 쑥스러워하는 우리나라의 대다수 남성분들이 플라워숍을 찾는 건, 그만큼 중요하고 의미 있는 날을 기념하고 싶은 마음에서일 것이다. 그러니 받는 사람도 기쁘게 받아 주면 좋겠다. 어떤 형태이든 말이다.

굳이 말하지 않아도 내 마음을 전달하는 매개체로서 너무나 훌륭한 꽃. 꽃 포장을 기다리는 분들의 표정엔 어딘가 모르는 설렘이 느껴진다. 꽃을 받았을 때 너무 예쁘다며 기뻐할 상대방의 얼굴을 생각하는 건 아닐까.

아, 꽃보다 아름다운 사람의 마음이여.

꽃이 피어 있는 자리

수국

찰칵찰칵. 사방이 사진 찍는 사람들로 붐빈다.

6월이 되면 사람들이 꽃을 보고 사진을 찍으러 제주도를 찾는다. 여름을 대표하는 꽃, 바로 수국을 보기 위해서다.

수국은 아주 작은 꽃잎들이 하나하나 모여 크고 풍성한 하나의 꽃다발을 만든다. 큰 것은 아이 얼굴보다도 클 정도로 매우 크다. 이런 수국이 군락을 이루고 있는 지역들이 있는데 수국이 만개한 광경은 그야말로 장관이다.

제주에는 여름비를 맞아 반짝이는 수국을 찍을 수 있는 좋은 장소들이 있다. 성산과 세화를 잇는 종달리 해안도로에는 수국이 일렬로 쭉 심겨 있는데 만개했을 때 무척이나 아름답다. 카멜리아 힐이라고 불리는 그곳은, 겨울이면 동백이 활짝 피고 여름엔 수국이 만개한다.

가장 빠르게 수국을 만나고 싶다면 휴애리로 떠나면 된다.

6월이 되면 수국이 피어나고 제주도 수국축제 기간이 시작되는데, 휴애리는 보롬왓과 함께 다른 곳보다 더 빨리 수국이 만개한다. 제주가 멀다면 부산 태종대나 가평 아침고요수목원에서도 수국축제가 열리니 가보면 좋다. 이처럼 사람들의 이목을 끌고 사랑받는 꽃이 수국이다.

나는 6월이 되면 어느 지역이든 수국을 보러 여행을 떠난다. 한가득 피어 있는 수국을 보면 마음까지 환해지는 느낌이 들기 때문이다. 색색의 수국을 바라보면서 살짝 손을 대어 본다. 작은 꽃잎 끝까지 물이 가득 차 있는 단단한 느낌이 손으로 전달되는데, 그 느낌이 좋아서 몇 번이고 더 그렇게 해본다. 그리고 늘 신기해한다. 자연 그대로의 수국은 스스로 이렇게 물을 잘 빨아들이는구나, 역시 자연적인 걸 따라갈 수는 없나 봐, 라고.

수국은 절화로 두면 물을 빨아올리는 힘이 아주 약한 편에 속한다. 그래서 늘 주의해야 하고 세심하게 다루어야 한다. 한번 물을 빨아들이지 못해 시들기 시작하면 다시 원래의 모양대로 살리는 데에 한계가 있기 때문이다.

호텔 플로리스트라면 아마 가장 많이 다루게 되고 보게 되는 꽃이 수국일 것 같다. 결혼식 꽃장식에 단골손님으로 등장할 만큼 많이 사용되는 꽃이라 한번 예식을 치르게 되면 몇백

언제까지나 우리의

송이씩 들어간다. 많은 양의 수국을 결혼식 당일까지 잘 관리하고 보관해야 하는데, 이때 가장 주의를 기울이는 것이 '물올림'이다(물올림이라는 것은 오랫동안 물이 없는 상태로 배송되어 온 꽃이 수분을 머금을 수 있게끔 작업하는 것을 말한다).

절화 상태로 판매되어 호텔에서 받아 보기까지 몇 시간 동안은 꽃이 물에 담겨 있지 않은 채로 배송된다. 그래서 꽃을 작업실로 가지고 오면 제일 먼저 해야 하는 일이 얼른 마른 줄기 아랫부분을 잘라 내고 물에 담가 물을 빨아들이게 하는 일이다.

수국은 다른 꽃보다도 물관리가 쉽지 않다. 이름에서도 알 수 있듯이 물을 많이 필요로 하는데 아이러니하게도 절화 상태의 수국은 물을 빨아들이는 힘이 다른 꽃보다 약하다. 그래서 줄기의 표면적을 넓히기 위해 사선으로 길게 잘라 주고 물도 많은 양을 받아서 꽂아 둔다. 그것도 모자라 꽃 부분에 직접 스프레이를 시간이 날 때마다 뿌려 주거나 얇은 종이나 비닐 등을 올려 수분이 날아가는 것을 방지해 주기도 한다. 이렇게 다루기 까다롭고 예민한 꽃인데, 자연 상태의 수국은 해가 쩅쩅 아주 더운 날에도 동글동글한 모양 그대로 너무도 쌩쌩해서 볼 때마다 신기하다.

수국을 보면 자연 그대로의 상태가 가장 좋구나 하는 생각이 든다. 자연은 원래 자연 상태 그대로 두었을 때 가장 건강하고 아름답다. 어떻게 보면 사람도 마찬가지라는 생각이 들었다. 일이라는 것도 어떨 때는 딱딱 맞아떨어져 쉬이 진행되는 일도 있고, 어떨 때는 노력을 많이 기울이는데도 삐그덕거리는 일도 있다. 사람과의 관계도 그런 것 같다. 그냥 아무것도 안 했는데 편안한 사람이 있는가 하면 나와는 어느 한구석이 달라 불편한 사람도 있다.

우리는 의도했던 대로 일이 진행되지 않거나, 내가 원하는 방향으로 사람이 움직여 주지 않을 때 은근히 압박 아닌 압박을 넣으며 나처럼 생각해 주기를 바란다. 평소의 몇 배를 들여 노력하며 어떻게든 해보려고 하기도 한다. 어릴 때는 어떻게든 '되게 만들려고' 노력하는 것만이 중요하다고 생각했던 것 같다. 사람도, 일도. '노력하면서 사는 것'은 좋은데 '너무 애쓰며 사는 것'은 오히려 흐름을 거스를 때가 많다는 것을 이제는 알고 있다. '열심히' 사는 것과 '애쓰며' 사는 것은 다르다.

물론 사람마다 살아가는 방식이나 가치관은 다 다르다. 어떤 일을 책임감 있게 끝까지 해내는 것도 매우 중요한 일이라고 생각한다. 하지만 그럼에도 일이나 사람과의 관계가 자꾸만 억지로 끼워 맞추어지는 느낌이 든다면 잠시 멈추고 생각해 볼 일이다. 그 자리에 서 있는 것이 맞는 일인지, 지금의 모습이 너무 부자연스럽지는 않은지 말이다. 절화로 볼 때보다 자연스럽게 뿌리를 바닥에 두고 서 있는 수국이 손길을 덜 보내더라도 훨씬 더 건강한 것처럼, 어쩌면 우리도 그렇지 않을까? 충분히 시간을 들여 노력했다면 잠시 흐름에 몸을 맡겨 자연스럽게 두어 보는 것도 좋지 않을까?

수국 / 아크릴
"꿈, 순수, 변심"

나비를 닮은 꽃

팔레놉시스

"금액은 상관없으니 원하는 대로, 최고로 멋지게 해주세요."

속으로 쾌재를 불렀다. 한편으로 걱정되는 마음도 없지는 않았지만, 이렇게 모든 것을 믿고 맡겨 주는 고객을 만나는 확률은 1% 미만이다. 수많은 결혼식과 행사를 진행해 봤지만, 대부분은 자신들이 생각하는 금액의 마지노선이 있기 마련이고, 우리나라에선 아직 외국처럼 꽃장식, 공간장식에 아주 큰 금액을 쓰지는 않기 때문에 이런 경우는 흔치 않다.

이 말을 듣자마자 내 머릿속은 기차가 질주하듯 분주히 돌아가기 시작했다.

'결혼식 당일 그 공간을 어떻게 꾸미지?'

'어떤 꽃을 쓰면 좋을까?'

'저분과 가장 어울리는 이미지는 어떤 걸까?'

어떤 공간을 장식할 때 가장 먼저 생각하는 것은 그 공간을 장식해 달라고 한 '사람'과 그 공간 전체를 관통할 수 있는 '하나의 콘셉트' 또는 '이미지'이다. 모든 사람이 이렇게 생각하는 것은 아니겠지만, 나는 이 두 가지를 가장 먼저 생각하고 결정한다. 꽃의 종류나 색상 등은 그다음에 결정한다. 그래서 고객들이 어떤 성향을 가진 사람이고, 어떤 스토리를 가진 사람들인지 알아볼 수 있는 만큼 알아본다. 일대일 맞춤식 공간 장식을 제공하고 싶어서다. 그런데 이번에 결혼식을 의뢰한 고객은 좀 특별했다.

결혼식을 올리지 않았을 뿐 이미 자녀가 셋이나 있었고, 오랫동안 결혼생활을 유지해 온 부부였다. 남편은 사업을 크게 하는 사람이었고, 어느 정도 돈도 많이 벌었으며, 특별한 트러블 없이 잘 살고 있었다. 그런 그들에게 몇 년 전에 청천벽력 같은 소식이 날아들었다고 했다. 사회적·물질적인 성공을 좇아 열심히 앞만 보고 달려왔던 남자에게 시한부 선고가 내려진 것이다. 앞만 보고 달렸는데, 상상도 못 했던 이야기를 듣고 보니 그제야 자신이 추구해 왔던 모든 것이 얼마나 보잘것없었는지 알게 되었다고 했다. 바쁘게 사느라 소홀했던 가족과 지인들의 소중함을 이제야 알게 된 남자. 그때부터 이 남자의 우선순위는 '사업'이 아니라 '관계'로 바뀐 모양이다.

다시 살아 보고픈 절실함 때문이었을까. 너무나 다행히도 몇 달 살지 못할 거라던 그는 기적같이 완치되었고, 그때부터 그렇게도 바라던 두 번째 인생을 살게 되었다. 그는 결혼식 상담을 하는 자리에서 아내가 자리를 비운 사이에 자신이 가장 사랑하는 아내에게 그동안 못 해주었던 '선물'을 해주고 싶다고 말했다. 결혼식 날만큼은 자신의 작고 여린 아내가 원하는 모든 것을 해주고 싶어 했다. 굳이 어떤 말을 더 듣지 않아도 눈빛만으로 그의 진심이 내게 전해지는 듯했다.

아내가 원했던 것은 '동화 같은 하루'였다. 동화에서나 볼 수 있을 것 같은, 비현실적으로 아름다운 하루. 마치 자신이 그 동화의 주인공인 듯한 하루를 원했다. 그래서 생각 끝에 내가 고른 콘셉트는 '아주 많이 우아한 이상한 나라의 앨리스'. 우습게 들릴지 모르겠지만, 내 생각엔 그녀에게 이런 이미지가 잘 어울릴 것 같았다. 자그마한 체구에 순수하고 밝은 모습이 앨리스를 떠올리게 했기 때문이다.

공간 전체의 메인컬러로 백색을 생각했고, 보조색으로 초록색과 갈색을 생각했다. 가장 메인이 되는 꽃은 '팔레놉시스(Phalaenopsis)'로 결정했다. 나방을 뜻하는 그리스어인 팔라이나(Phalaina)와 모양을 뜻하는 옵시스(Opsis)의 합성어이다. 우리나라에서는 호접난이라고 불리는 난의 일종으로, 고가인 만큼 다른 꽃에는 없는 그만의 매력을 가진 꽃이다.

나비가 내려앉은 것 같은 착각을 일으키는 팔레놉시스는 세 개의 꽃잎과 세 개의 꽃받침으로 이루어져 있다. 1750년대에 인도네시아의 암보이나 섬에서 처음 발견되었는데, 나비 혹은 나방 모양의 크고 아름다운 꽃이라는 의미로 '모스 오키드(Moth orchid)'라고도 불린다. 일본에서는 '복이 날아들어 온다'라는 의미를 더해 선물로 흔하게 쓰이기도 한다. 원래 호접난이 가진 꽃말은 '당신을 사랑합니다'이다.

신랑 신부의 이야기와, 신부가 원한 '비현실적인 동화 같은 하루'를 생각하니 흰 나비가 떼를 지어 공간을 채우는 이미지가 가장 먼저 떠올랐다. 흰 나비를 실제로 결혼식장에 풀어 놓은 것처럼 하얀 백색의 팔레놉시스로 장식하자고 생각했다. '당신을 사랑합니다'라는 꽃말도 안성맞춤이었다.

결혼식 당일, 나는 평소 행사에서 사용하는 양보다 네 배 많은 팔레놉시스를 사용해 식장 안팎 곳곳을 장식했다. 빛을 비춘 상태에서 보면 꽃잎에서 은은하게 빛이 난다. 마치 입자가 작은 반짝이를 뿌려 놓은 것처럼 반짝이는 느낌이 나는 꽃이다. 결혼식에 사용되는 은은한 노란 조명을 받으면 그 아름다움은 극대화된다.

어울리는 표현일지는 모르겠지만, '미인박명'이라는 말처럼 너무 아름다워서인지 다른 꽃들보다 꽃잎이 두꺼운데도 의외로 상처를 잘 입는다. 상처가 난 부분은 자국이 선명하게 남고 다시 돌아오지 않아 많이 주의해야 한다. 그래서 꽃을 다듬어 제자리를 찾아 장식하는 데 손이 많이 가고 신경도 많이 쓰인다. 그만큼 세심한 작업이기 때문에 평소보다 더 집중해서 작업한다.

밤을 꼬박 새우고 장식을 마치고 나니 어느덧 예식 시간이 다가왔다. 마음이 유난히 많이 가던 예식이라 최선을 다했지만 그래도 부족한 부분이 있을까 봐 걱정했다. 내가 할 수 있는 것을 다 했음에도 무언가를 더 해주고 싶은 마음 때문이었던 것 같다. 그래서인지 신부님이 예식이 끝난 후 해주신 말씀이 아직도 기억에 남는다.

"정말 동화 속에 들어온 것 같았어요. 꿈같은 하루를 만들어 주셔서 감사합니다."

짧은 인사였지만 그 말로도 충분했다. 내가 플로리스트로 살면서 가장 보람을 느끼는 순간이기도 하다. 꽃으로부터 기쁨을 얻은 이들이 표현하는 말들.

뜻하지 않던 좌절이나 절망의 순간을 겪은 사람들은 대부분 귀한 깨달음을 얻었다고 말하곤 한다. 목표를 향해 전진하는 것만큼이나 주변을 둘러보는 것도 중요하다는 것을 알게 되었다고 말하는 분의 예식을 진행하면서, 나도 그동안 바쁘다고 주변을 너무 등한시했던 것은 아닌지 되돌아보게 되었다. 지금 내 곁에 있는 사람들과 가족에게 '사랑한다'고 표현

팔레놉시스 / 수채

"당신을 사랑합니다"

한 것이 꽤 오래전이기에 반성도 되었다.

지금도 호접난을 보면 그날이 생각난다. 너무 아름다웠던 두 분의 마음과 식장을 날아다니는 나비 같았던 수백 송이의 순백의 난. 사랑을 굳이 언어로 전달하지 않아도 마음으로 전달되는 것 같았던 그날의 기억이 깊이 박혀 있다. 그런 하루를 함께할 수 있어서, 간접적으로나마 나에게 소중한 사람들을 다시 한번 생각할 수 있게 해주어서, 감사했던 하루였다.

결혼식 장식을 맡아 내가 한 것보다 도리어 받은 게 많았던 것 같아 좋았고, 아름다운 두 분의 중요한 순간에 함께할 수 있어 영광이었다. 그들의 앞날이 아름답고 우아한 호접난처럼 영원히 사랑하며 행복하기를 다시 한번 빌어 본다. 그들에게 한 아름의 사랑과 복이 매일 날아들기를.

신뢰

나이가 아무리 들어도 사람 관계는 늘 쉽지 않다.
어릴 때는 의심 없이 믿는 일을
참 쉽게도 잘했는데,
지금은 어렵기만 하다.

어른이 되어 가면서
직장에서
모임에서
각종 동호회에서조차
알 듯 모를 듯한 '정치'가 있다.

얼마를 주고 얼마를 받을지
내가 손해 보지 않으려면 어떻게 해야 하는지
머릿속에 수학공식이 가득한 것처럼 복잡하다.

라인꽃 / 수채+펜

언제까지나 우리의

생각하지 않고 계산하지 않고
사람을 믿는 것,
신뢰라는 두 글자의 무게가
마음처럼 되지 않아 버거운 날이 있다.

그럴 때 나는 종종 꽃을 만진다.
꽃은 필요 없는 부분을 다듬어 물에 넣어 두면
그 물이 혈액이 되어
며칠간 점점 더 피어난다.
내가 무엇을 하든 뒤통수를 치지 않고
생명력이 다할 때까지
내가 놓아 둔 자리에 그대로 있다.

그 당연한 사실이
나에게 위안이 된다.
때때로 나는 그렇다.

본연의 아름다움
카라

조르지오 아르마니(Giorgio Armani).

조르지오 아르마니가 자신의 이름을 따서 1975년 이탈리아 밀라노에서 설립한, 이름만 들어도 누구나 다 아는 명품 브랜드이다.

패션 브랜드인 줄로만 알았던 이곳에서 꽃을 취급한다는 사실을 알게 된 건 대략 6년 전쯤이었다. 우연히 청담동을 지나다 보니 아르마니 까사 매장에 초콜릿 전문점 아르마니 돌치(Armani Dolci)와 플라워숍 아르마니 피오리(Armani Fiori)가 입점해 있었다. 들어가 보니 너무나 고급스러운 매장에 꽤 비싼 가격의 초콜릿들과 꽃이 있었다. 아르마니가 의상의 범주를 벗어나 라이프스타일까지 영역을 확장한 결과물이었다. 패션 브랜드가 꽃 매장을 가지고 있다니. 신선한 발상에 조금 놀랐던 기억이 난다.

나중에 알고 보니 아르마니 피오리는 아무 데나 매장을 내어 주지 않고 무척이나 까다롭게 나라와 지역을 선택하는데 그중 한 곳이 서울 강남구 청담동이었다.

몇 년 후, 마치 운명처럼 내가 있던 호텔은 아르마니 피오리와 콜라보를 진행했다. 국내 유명 호텔은 끊임없이 새로움을 추구하기 때문에 종종 세계적인 플로리스트나 그에 버금가는 브랜드와 콜라보를 진행하곤 하는데, 이번 선택은 아르마니 피오리였던 것이다.

나에게는 더할 나위 없는 좋은 기회였다. 세계적인 수준의 플라워 데커레이션과 감각을 해외에 나가지 않고도 직접 눈으로 보고 배울 수 있는 기회였으니까.

아르마니 피오리의 스타일링은 아르마니의 본질적이고 엣지 있는 세련된 취향과 고급스러움으로 가득했다. 과하지 않은 깔끔한 컬러감과 선을 살린 디자인이 무척 매력적이었고 신선했다. 부자재로 자개나 대리석 등을 사용하는데, 화기도 아르마니가 직접 선택한 것이 아니면 사용하지 않고, 포장 종이와 리본 등 모든 면에서 최상급 브랜드의 가치를 그대로 보여 주고 있었다. 고전적이면서도 시대를 반영하는 트렌디함이 꽃을 디자인하는 데에도 그대로 드러나 있었고 영국이나 프랑스에서 다루는 방식과는 달라, 한마디로 '멋지다'라고 분명히 표현할 수 있을 만큼 감각적이었다.

아르마니 피오리의 밀라노 본사 수석 플로리스트가 우리 호텔을 직접 방문해 선물용 꽃다발 몇 가지를 시연하고 설명하는 이벤트가 열리던 날이었다. 그때 그가 사용했던 꽃이 카라다. 카라는 당당하고 우아한 아름다움을 표현하고자 할 때 많이 사용되는데, 곧게 뻗은 기다란 대에 자연스럽게 이어진 하얀 꽃잎이 무척이나 세련됐다.

수석 플로리스트가 카라를 스무 송이쯤 들어 똑같은 높이로 꽃의 끝머리 부분을 맞추고 줄기에 곡선을 주어 과감하고 와일드하게 디자인을 하던 모습이 인상적이었다. 미니멀하면서도 모던하고, 꽃이 가진 자연적인 미를 그대로 살리는 듯한 디자인이었다.

그때만 해도 우리나라에는 꽃을 여러 종류 섞어서 꽃다발이나 장식을 만드는 유러피언 스타일이나 내추럴함을 살린 프렌치 스타일이 유행하고 있던 터라, 꽃의 가짓수를 최소화하고 선을 살린 무척이나 고급스러운 디자인은 적잖이 충격적이었다. 그 광경을 바라보던 많은 사람들이 수석 플로리스트의 카라 꽃다발을 받으려고 했던 기억이 난다.

카라는 웨딩에도 많이 사용되는데, 이 꽃이 가지고 있는 분위기를 대신할 꽃은 거의 없다고 봐도 무방하다. 실제로 호텔에서 웨딩을 하다 보면 카라가 많이 나오는 시즌에는 좋은 카라들을 선점하기 위해 전쟁 아닌 전쟁이 벌어지기도 한다. 그만큼 대체할 만한 꽃이 없다는 말이다. 가늘지 않고 적당한 두께를 가진 옅은 초록색의 줄기를 따라 올라가면 그 끝에 두껍고 단단해 보이는 한 장의 꽃잎이 동그랗게 말려 꽃 모양을 이룬다. 가운데는 노란 암술이 있는데 이 암술을 꽃잎이 둘러싸고 있는 형태다. 우아함의 상징, 고급스러움의 대명사같이 자신의 색깔이 분명한 꽃. 카라가 가지고 있는 독보적인 선, 그 본연의 아름다움은 아르마니 피오리가 추구하는 심플하고도 모던한 디자인과 맞아떨어진다는 느낌이 들었다. 실제로 아르마니 피오리 매장에 들러 보면 카라를 자주 볼 수 있다.

카라라는 꽃은 얼핏 보면 줄기가 강하고 꽃잎도 두터워서 쉽게 상처 나지 않을 것처럼 보인다. 하지만 꽃잎이 손톱에라도 살짝 스치면 생각보다 쉽게 상하고, 쉽게 상한 상처는 흉으로 남아 사라지지 않는다. 도도하게 서 있는 것처럼 보이는 카라의 줄기도 손의 온기로 잠시 쥐고 있으면 금세 줄기가 휘어진다. 그 덕분에 원하는 모양을 만들 수 있지만 말이다.

카라의 꽃 안쪽을 만져 보면 보이는 것과는 달리 매우 부드러워 실크를 만지는 느낌이 난다. 우아하고 강하게만 보이는 겉모습과는 달리 연약한 부드러움을 지닌 그 꽃은 도도하고 차가워 보이지만 따뜻한 속내를 지니고 있는 여인의 모습과 닮았다는 생각이 들었다. 당당하고 우아한 카리스마를 가진 꽃.

카라 다섯 송이를 묶으면 꽃말이 '아무리 봐도 당신만 한 여자는 없어요'라고 한다. 정말이지 카라가 지닌 이미지에 이만큼 딱인 꽃말이 있을까 싶다. 카라는 고급스럽고 크기도 커서 몇 송이만으로도 훌륭한 선물이 된다. 부케로도 많이 사용되는데 간결하지만 고귀한 느낌마저 들어 매력적이다. 아르마니 피오리의 수석 디자이너가 만들었던 것처럼, 카라 몇 송이로 상대에게 프러포즈를 할 때 이용해 보면 어떨까? 다섯 송이의 선물이 어떤 말을 전하는지도 살짝 귀띔해 주면 더 멋지지 않을까?

카라 / 수채

"순수, 천년의 사랑"
"아무리 봐도 당신만 한 여자는 없어요"

언제가지나 우리의

알 수 없는 미래라면
아나나스

"이거 좋네요."

"이건 좀 안 어울리지 않아요?"

"난해한데, 나는 이게 더 나은 것 같아."

　호텔 플로리스트로서 매일 하는 업무 중 한 가지는 호텔 전 층을 계절과 공간, 혹은 특정한 이벤트에 맞게 꽃과 나뭇가지, 식물들을 이용해서 꾸미는 일이다. 여러 가지 요소들을 고려하고 현재의 트렌드를 반영해 신중하게 결정한다. 계절의 흐름이 보이면서도 호텔 특유의 우아함을 잃어서는 안 되니 말이다.

　신중을 기해 호텔 전 층을 장식해 두어도 보는 시각에 따라 이런저런 말들이 들리기 일쑤다. 고객들과 회사의 높으신 분들은 각자의 의견을 지나가듯 얘기한다. 계절과 유지기간, 그 공간의 분위기와 어울리는지, 전반적으로 디자인에 통일감이 있는지 여러 가지를 다 생각해 보고 어울리는 꽃이나 나무를 배치했음에도 결과가 늘 생각대로 이루어지지는 않는다. 그렇게 공을 들여서 해놓아도 디자인이라는 게 으레 그렇듯 모두를 만족시킬 수는 없는 모양이다. 각자의 취향이라는 것은 다 달라서 내가 보기에 아무리 좋아도 다른 사람의 눈에는 그렇지 않을 수 있으니까.

여름이었고, 바닷가의 화사한 분위기도 살리고 싶어 연회장 주변에 놓을 화분으로 아나나스를 골랐다. 바람이 잘 통하지 않고 건조한 실내이다 보니 식물이 자라기에 너무 좋지 않은 환경이었다. 그곳에서 자랄 수 있는 식물을 고르는 데 제한이 있었다. 결국 다육식물 계열의 척박한 환경에 적응을 잘하는 식물을 선택할 수밖에 없었다. 그래도 밝은 여름 같은 느낌을 주고 싶어서 골랐던 것이 아나나스다.

실은 고르면서 고민이 많았다. 매우 강한 원색 계열에 뾰족뾰족한 꽃잎. 전반적으로 하와이가 떠오를 만큼 강렬한 관엽식물이기 때문이다. 호불호가 강하리라는 것은 불 보듯 뻔한 일이었고 결과적으로 전반적인 평가가 어떻게 될지 예측하기 힘들었다.

내가 이 식물을 처음 접한 곳은 국내 S백화점에서였다. 보통 형광빛이 돈다거나 원색으로 너무 강렬하면 디스플레이용으로 사용하지 않거나 주의해서 쓰는 경향이 있는데, 그 백화점의 2층 엘리베이터 옆에 강렬한 형광(?) 노란빛의 아나나스를 한가득 심어 둔 것이다. 워낙 눈에 띄는 색상이라 바로 시선이 갈 정도로 존재감을 뽐내고 있었는데, 색은 강하지만 그 식물 특유의 모양새 때문에 촌스러워 보이지 않아 신기했더랬다.

이런 아나나스에 관심이 가는 또 다른 이유가 있었다. 그 당시에는 처음 들어 보는 식물이기도 했고, 이름도 예뻐서 기원이 궁금해 검색해 보았는데, 거기서 알게 된 이야기가 흥미로웠기 때문이다. 바로 파인애플의 본래 이름이 아나나스라는 사실이었다.

파인애플의 고향은 아메리카다. 과거 포르투갈인들이 아메리카에 상륙했을 때 이 과일을 보고 거북열매(Nanas)를 닮았다고 해서 아나나스라는 이름을 붙였다고 한다. 그런데 아나나스가 영국에 소개될 때 파인애플이란 이름으로 소개되었다. 콜럼버스가 유럽으로 아나나스를 가져오면서 솔방울을 닮은 과일이라고 생각해 영어 이름을 파인애플로 지었다고 한다. 재미있는 사실은 아나나스를 파인애플이라고 부르는 나라는 영국, 미국, 한국, 일본 4개국 정도밖에 없다는 것이다. 나머지 나라에서는 거의 나나스나 아나나스라고 원래의 명칭으로 부른다.

유럽에서는 맛이 좋다고 너도나도 즐겼던 아나나스가 프랑스에서만큼은 예외였다는 사실도 관심이 갔다. 이유가 매우 재미있기 때문이다. 태양왕 루이 14세가 아나나스의 껍질을 까지 않고 통째로 먹다가 다쳐서 전국에 아나나스 금지령을 내렸기 때문이다. 아나나스가 아무리 맛있고 예쁜 식물이라도 왕이 다쳤으니 그럴 만도 하다 싶어 웃음이 났다.

아나나스의 꽃말은 '미래를 즐긴다', '만족'이다.

살다 보면 문득문득 다가올 미래가 궁금할 때가 있다. 알고 싶다고 알게 되는 것은 아니지만 그래도 미래를 미리 엿보고 싶고 궁금해하는 것은 아마도 지구상에 있는 모든 사람들이 그런 것 같다. 서양에서는 오래전부터 점성술이 유행해 하늘의 별이나 천체의 움직임을 보고 한 사람의 미래를 예측하고, 동양에서는 사주나 토정비결 등 태어난 시간을 가지고 다양한 방법으로 일어날 일을 점쳐 봤으니까.

플로리스트 일을 처음 할 때만 해도 난 늘 바로 앞에 놓일 미래가 궁금했다. 플로리스트라는 직업이 어떻게 보면 매번 작업물에 대한 결과를 평가받는 위치에 있기 때문이다. 거창하게 들릴지 모르지만, 최선을 다해도 취향과 보는 관점의 차이로 나에겐 멋진 결과물이 의뢰인이나 그 행사에 참여하는 다른 사람들에게는 아닐 수 있기 때문이다. 가까운 미래를 점칠 수 있다면 아마도 나는 매번 궁금해 묻지 않았을까? 내 장식을 그들이 마음에 들어 하는지 아닌지 말이다.

처음엔 늘 조마조마했다. 다른 사람의 시선이 신경 쓰여서라기보다는, 그들에게 중요한 날이니만큼 만족스러운 분위기를 즐기길 바랐기 때문이다. 그러다 어느 날 깨달았다. 노력과 마음을 담은 것은 사람들이 느낀다는 것을 말이다. 그것이 들어간 결과물은 달라 보인다는 것도 알았다.

그 후로는 매번 내가 할 수 있는 최선을 다하고는 과정과 결과 모두 만족스럽다면 마음을 비웠다. 아나나스의 꽃말처럼 미래를 즐기는 단계까지는 아니었지만, 후에 다가올 의뢰인들의 말이나 표정이 기다려졌다. 자만하는 마음은 경계해야겠지만, 스스로 이루어 놓은 것에 대해 겸손한 자신감은 필요한 것 같다. 나의 에너지를 그대로 쏟아 옮겨 놓았으니까 말이다. 그럴 때마다 환하고 단단한 얼굴의 아나나스가 떠오른다. 그가 지니고 있는 꽃말과 함께.

누구나 때로는 어떤 일을 한 후 평가에 불안해한다. 이럴 때는 곁에 아나나스를 두고 조금 편하게 생각해 보는 것은 어떨까? 맛이 기가 막혔던 아나나스도 누군가에게는 최고의 과일이지만, 또 누군가에게는 최악의 열매였듯, 세상 모든 일들이 다 같은 시선으로 바라봐지는 것은 아니다. 그렇다면 다가올 미래를 조금은 긍정적인 시선으로 즐겨 보는 것은 어떨까? 실적 위주의 사회를 살아가는 현대인들에게 필요한 일이 아닐까 싶다. 내가 마음과 노력을 담아 최선을 다했다면 결과는 하늘에 잠시 맡겨 두고 금세 다가올 미래를 기대하며 즐겨 보자.

넷플릭스의 유명한 드라마인 〈센스8〉에 이런 말이 나온다.

"불확실한 미래가 있어 살아 있음을 가장 강력하게 느낄 수 있는 거야."

다가올 미래를 불안으로 대하기보다 웃으며 편안한 마음으로 마주하는 것은 어떨까?

아나나스 / 수채

"미래를 즐긴다, 만족"

한순간 찬란하게 빛나는 생
벚꽃

모두가 잠든 캄캄한 밤, 일이 많아 늦어진 퇴근길.

큰 사거리 앞에 둘레가 제법 되는 벚나무 한 그루가 가로등 불빛의 스포트라이트를 받으며 서 있었다.

아직은 메마른 가지를 자세히 들여다보니 작고 연약한 꽃 망울들이 올라올 준비를 하고 있다. 조금 더 따뜻해지면 아마 화르륵 불이 붙는 것처럼 꽃이 피어나겠지. 사람들은 그 아래서 꽃비를 맞으며 사진을 찍을 테고, 나는 몇 발자국쯤 떨어져 마치 빨강머리 앤이 창가에 활짝 핀 벚나무를 바라보듯, 한참을 시간 가는 줄도 모르고 그 앞에 서 있을 게 분명하다.

팝콘처럼 활짝 피어날 벚나무를 상상하니 '꽃대궐' 개심사가 생각났다. 충청도에 있는 상왕산에는 개심사라는 절이 있다. 규모는 작지만 백제가 망하기 직전(의자왕 14년)에 창건되었으니 유서가 깊은 절이다. 보통 절은 대웅전이 가장 유명하기 마련이다. 그런데 이 절은 심검당이라는 작은 건물이 더 유명하다. 나무를 인위적으로 깎거나 다듬지 않고 휘어진 그대로 기둥으로 사용해 자연의 한 자락을 옮겨 놓은 듯 그 모양새가 매우 아름답기 때문이다. 비바람이 휘몰아치는 세월을 품은 심검당을 바라보고 있으면 마치 내가 천년의 시간을 거슬러 올라간 것 같은 느낌이 든다.

이 절 주변은 봄이면 그야말로 꽃밭이다. 봄이 되면 매화, 복숭아꽃, 벚꽃 등 수많은 꽃들이 지천에 펼쳐져, 사람들은 이 시기의 절을 '꽃대궐'이라 부른다고 한다. 일반 벚꽃이 지기 시작할 때 개심사의 상징 같은 왕벚나무들이 만개한다. 벚나무는 종이 다양한데 벚나무, 왕벚나무, 산벚나무 등 종류만 수십 가지다. 개화 시기도 조금씩 달라서 일반적인 벚꽃이 지고 나면 왕벚꽃이 개화한다.

이 절이 특별한 이유는 천년고찰이라는 이유 말고도 하나 더 있다. 대한민국에서 '청벚꽃'이 피는 유일한 곳이기 때문이다. 언제부터 그 자리에 있었는지는 알 수 없지만, 4월 하순이 되면 이름도 신기한 청벚꽃이 왕벚꽃과 같이 춤을 춘다. 붉은빛이 도는 푸른색이기도 하고, 흰색이 돌기도 하고, 녹색이 도는 청벚꽃도 있다. 명부전 근처에 있는 청벚꽃 한 그루는 정말이지 신기하리만치 선명한 연둣빛이다.

언제까지나 우리의

벚꽃의 꽃말은 '아름답지만 덧없는 인생'이다. 봄을 알리는 벚꽃의 찬란한 아름다움에만 감탄하던 사람은 "아니, 왜?"라고 반문할지도 모른다. 하지만 벚꽃의 특징을 생각해 보면 이해할 수 있다.

벚꽃을 즐길 수 있는 시간은 매우 짧다. 몽우리에서 꽃이 피어나기 시작해 만개하는 데까지 얼마 걸리지 않는 데다, 한순간에 꽃이 진다. 봄이 되면 뉴스에서 연일 벚꽃이 절정이라며 보도하는데, 그 뉴스를 본 후 길을 나서면 이미 꽃은 다 떨어지고 여린 녹색 잎이 나오기 시작한다. 눈부시게 빛나다가 순식간에 사라지는, 그야말로 덧없는 아름다움이다.

일본에서는 '꽃은 벚꽃, 사람은 사무라이'라고 한다. 사무라이는 임무를 위해 목숨을 내놓아야 할 때가 되면 두려워하지 않고 단번에 그 큰 칼로 자신을 벤다. 한순간에 스러지는 벚꽃처럼 사람의 생도 결국 '영원'이 아니라 '순간'이다. 이런 점에서 벚꽃과 사무라이는 매우 닮아 있다.

우리는 대부분의 시간을 지나간 과거를 생각하며 후회하거나 집착하기도 하고, 아직 다가오지도 않은 미래를 걱정하며 살아간다. 인간의 수명이 백 세를 바라본다고 말하지만, 백 년이나 되는 시간 동안 '현재'를 살아가는 시간은 얼마나 되는지 생각해 볼 일이다.

우리는 늘 더 나은 미래를 위해 현재의 시간을 바쁘게 사용한다. 하지만 가쁜 숨을 몰아쉬다 한 번씩은 멈춰 서면 좋겠다. 그 자리, '지금 이 시간'에 머무르며, 계절을 담은 공기 내음과 아이들의 웃음소리를 느낄 수 있었으면 좋겠다. 현재 내 옆을 지키는 가족과 친구, 나와 대부분의 시간을 보내는 직장 동료, 그리고 그동안 열심히 살아와 내가 가지게 된 많은 것을 바라봐 주고 감사할 줄 알면 좋겠다. 45억 년이나 살아온 지구가 보기에 '찰나의 순간'이 지나면 우리는 더 이상 이 지구에 존재하지 않을 테니 말이다.

독일 출신의 작가 에크하르트 톨레가 말한 것처럼, 삶의 변화를 일으킬 수 있는 시간은 '현재'이지 과거나 미래가 아니다. 그래서 지금을 살아간다는 것은 중요하다. 자신을 아끼지 않고 마치 '지금' 말고는 존재하지 않는다는 듯, 찬란하게 그 순간을 살아 내고 지는 벚나무처럼 말이다.

지금을 산다는 것, 쉽지만은 않다. 그래도, 이 글을 읽는 지금 이 순간만이라도 '지금 이 순간'을 충분히 만끽하며 살아 보면 좋겠다.

언제까지나 우리의

벚꽃 / 색연필

"아름답지만 덧없는 인생"

나를 사랑하는 방법
수선화

어느 거리를 걷든 봄은 생명의 에너지가 풍성히 느껴지는 계절이다. 겨울 동안 꽁꽁 뭉쳐 둔 생명의 에너지가 폭발하기라도 하듯, 3월이 되면 서서히 조그만 꽃망울이 아기 살결처럼 연약한 연녹색 잎사귀 사이사이로 꼬물꼬물 얼굴을 드러내다 4월이 되면 폭죽이 터지듯 피어난다. 세상은 그야말로 꽃으로 가득해진다.

모든 꽃이 다 아름답겠지만, 4월이 되면 충남 서산에 꼭 한번 가보기를 권한다. 제주도 하면 유채꽃 밭이라면, 서산엔 수선화 밭이 있다. 정확히는 서산 유기방 가옥의 수선화 축제다. 사실 아파트 화단 같은 곳에서도 수선화를 종종 만날 수 있다(사람들은 수선화라는 이름은 아는데 생김새를 잘 몰라 그냥 지나치는 경우가 많지만). 하지만 서산에 가면 말 그대로 노란 꽃 물결을 볼 수 있다.

처음 서산에 수선화 축제가 있다는 걸 알았을 때 이미 4월 초순을 지나고 있어 마음이 급했다. 그도 그럴 것이 플라워숍에서 보는 절화인 수선화는 정말 잘 관리해야 일주일 남짓 꽃 피웠다가 금방 시들어 버린다. 수선화 특유의 나팔 같은 모양새와 샛노란 색깔, 은은한 향이 좋아 한 다발 사서 꽂아 두어도 오래가지 못하니 늘 서운했다.

나는 땅에 심겨 있는 수선화도 일주일이면 금방 시들어 버릴 줄 알았다. 그래서 이미 축제가 시작되었던 4월이었기에 내가 내려갈 때 즈음이면 꽃이 다 지고 난 후일까 봐 마음이 급했던 것이다(다행히 축제는 4월 말경까지 계속된다).

급해진 마음을 붙들고 꼭 가봐야겠다 싶어 내려간 곳이 서산에 있는 유기방 가옥이다. 유기방 가옥은 충청남도 민속문화재 제23호이며, 1919년에 건립된 서해안의 전통한옥으로 백 년이 넘은 고택이다. 건축학적으로도 중요한 유산이라고 평가받는 이곳의 주변에 후손들이 수선화 밭을 가꾸어 봄이면 수선화 축제를 개최한다. 고풍스러운 아름다움으로 유명해서 드라마 〈직장의 신〉이나 〈미스터 선샤인〉 등의 촬영장소로 쓰이기도 했다.

몇 시간을 달려 유기방 가옥에 도착했다. 가옥에 들어가는 초입부터 수선화가 그득하게 일렬로 심겨 있었다. 유기방 가옥 옆쪽으로 조금 돌아서 가면 외국 엽서에서나 보던 광경이 펼쳐진다. 처음 그 광경을 마주했을 때 과연 여기가 한국이 맞나 싶을 정도로 깜짝 놀랐다. 그렇게 많은 수선화를 태어나서 처음 보았기에 감탄사가 절로 나왔다. 태안에서 봄에 열리는 수선화 축제도 볼만하지만, 이곳의 수선화는 고택과 함께여서인지 왠지 모르게 좀 더 비밀스럽고 특별해 보였다.

수선화는 진한 녹색 줄기 끝에 나팔 모양의 꽃이 핀다. 꽃의 가운데 부분과 그곳을 감싸고 있는 바깥 부분의 꽃잎이 둘 다 노란 것도 있고, 가운데는 진한 노란색인데 바깥쪽은 연한 노란색인 경우도 있다. 꽃의 색은 노란색이 흔하지만 담홍색이나 흰색도 드물게 볼 수 있다. 수선화는 꽃이 워낙 아름답고 향이 향수 원료가 될 만큼 좋아 화단 등에 많이 심는 꽃이다. 봄이 되면 플라워숍에 빠지지 않고 등장하는 꽃이기도 하다. 절화로는 오랜 기간 볼 수는 없지만 매력이 많은 꽃이라 찾는 사람도 많다.

꽃은 다 매력적이지만 수선화는 특이하게 나팔 모양으로 생겨서 그런지 수선화 꽃을 가만히 들여다보고 있으면 꽃의 나팔 모양 안쪽으로 빨려 들어가는 느낌이 들곤 한다. 이런 수선화의 꽃말은 나르시시즘(자기애, 자아도취)으로, 그리스 신화에서 유래된 말이다.

보이오티아 강의 신 케피소스와 님프 리리오페 사이에서 태어난 아들 나르키소스(Narcissus).

나르키소스는 용모가 아름다워 주변 처녀들과 님프들의 구애가 끊이지 않았고, 그중에는 숲과 샘의 신인 에코도 있었다. 에코는 헤라의 저주로 말을 할 수 없어, 나르키소스에게 자신의 마음을 제대로 전하지 못한 채 죽었고, 에코 외에도 여러 님프들은 나르키소스를 흠모하다 거절당해 고통을 겪었다.

그러던 와중에 나르키소스에게 거절당한 이들 중 하나가 나르키소스도 사랑의 고통을 겪게 해달라 빌었고, 복수의 여신 네메시스가 이를 들어주었다. 헬리콘 산에서 목이 말라 샘을 찾아간 나르키소스는 샘에 비친 자신의 모습에 반해 자기 자신을 흠모하다 샘에 빠져 죽게 된다. 그 후 그가 죽은 자리에 피어난 꽃이 나르키소스(수선화)이다.

나르키소스의 자기사랑은 좀 극단적이다. 그러면 나를 제대로 사랑하는 건 어떻게 해야 하는 걸까? 난 자신을 사랑하는 방법의 힌트를 내 지인에게서 얻었다. 이분의 신조가 '제일 중요한 건 나 자신이고, 나를 사랑할 줄 모르면 다른 사람도 사랑할 줄 모른다'이다. 처음에는 좀 과한 생각 아닌가 싶기도 했다. 그러면서도 스스로가 가치 있는 존재라고 생각하고 뚜렷한 가치관을 가진 그분이 나는 때때로 부러웠다. 어떻게 저렇게 자기 자신에 대해 확신이라고 할 만한 생각을 가지고 있고 스스로를 잘 챙길까. 나는 몇 해를 그분과 같이 지내고 나서야 이 사람의 '과한 듯한 신조'가 어떤 의미인지 제대로 이해할 수 있었다.

'자신을 사랑하는 방법'에는 여러 가지가 있겠지만, 그중 일부는 다른 사람들보다 자신을 훨씬 더 우선시하다 보니 어떤 상황에서든 늘 한 발 떨어져 있어 '개인주의자'나 '이기주의자'로 치부되기도 한다. 내가 피해를 주지도 않고, 나에게 피해가 되는 것도 싫은 그런 거리랄까. 어린 날의 나는 그런 거리가 왠지 싫었다. 다른 사람들의 마음을 챙기고 살뜰히 살펴보아야 한다고 생각해서 나보다 내 주변 사람에게 집중했다. 그러다 보니 어느새 내 에너지는 바닥이 나고야 말았다. 이런 경험을 몇 번이고 했던 것 같다.

그러다가 어떻게 하면 내가 남을 챙기는 것처럼 나도 챙길 수 있을까 궁금해졌다. 감정과 에너지를 계속 소모하는 건 나 자신에게도 남에게도 결국 좋지 못하다는 것을 어슴푸레 알게 되었다. 이즈음, 나는 지인에게 이런 이야기를 늘어놓고 조언을 구했다. 어느 정도가 적당한지 모르겠다고.

그분의 대답이 이랬다. 나를 잘 챙기고 싶다면 우선은 나 자신에 대해 잘 알아야 한다고. 자신의 외모를 꾸미고 보이는 모습을 잘 관리하는 것도 중요하겠지만, 그것보다 더 중요한 것은 내가 무엇을 좋아하고 무엇을 싫어하는지 잘 알아야 나를 사랑할 수 있다는 것이다. 내가 나를 알고 이해하고 있어야 한다는 뜻이었다.

일리가 있는 말이었다. 당시 갓 30대가 되었던 나는 다른 사람들이 무엇을 좋아하고 싫어하는지는 잘 알고 있었다. 그런데 정작 나 자신에 대해선 어렴풋이 느낌만 있을 뿐, 내가 좋아하고 싫어하는 것을 제대로 생각해 보지 않았던 것 같다.

처음엔 좋아하는 게 무엇이냐는 질문에 대답하는 것조차 쉽지 않았다. 대답을 못 하는 스스로에게 적잖은 충격을 받았다. 그게 그렇게 어려운 질문일 줄이야. 이런저런 시행착오를 겪으면서 좋아하는 것보다는 싫어하는 것을 생각하는 편이 훨씬 더 쉽다는 것을 알게 되었다. 그래서 스스로 싫어하는 것을 적어 보고 되도록 하지 않으려 노력했다.

그러는 과정에 알게 된 것이 있다. 나를 사랑하려면 나 자신을 잘 알아야 하고, 나 자신을 잘 알려면 '자기 객관화'가 가능해야 한다는 것을. 그분이 말하는 자기사랑이 자기 자신을 나르키소스처럼 맹목적으로 흠모하는, 자신에 취해 있는 것과는 좀 다르다는 것도 알게 되었다. 자신을 똑바로 마주하면서 스스로와 남을 아끼면서 산다는 것이 어떤 의미인지 그때 배운 것 같다.

자신을 사랑하는 것은 좋은 일이다. 하지만 나르키소스같이 자신을 사랑하다 보면 나 말고 주변을 둘러볼 수 없게 되고, 자신을 왜곡된 시선으로 바라보게 된다. 오늘부터라도 나를 제대로 사랑하기 위해 나와 친구가 되어 보자. 좋아하는 것과 싫어하는 것을 적어 보고, 나와 마주해 알아가 보는 것은 어떨까.

자신과 남의 경계에서 휘청거리는 후배들에게 나는 늘 'Like(좋아하는 것), Dislike(싫어하는 것) 리스트'를 만들어 보라고 말한다. 싫어하는 것을 하지 않고 없앨 수 있는 것은 결국 거울 속에 비친 나, 샘물에 비친 나르키소스 자신밖에 없다. 스스로를 사랑한다는 것의 출발이 이것부터라면 해볼 만하지 않을까?

수선화 / 수채

"자기애, 자아도취"

치유의 색상
그리너리

언젠가부터 여러 매체에서 '그리너리'라는 말이 들리기 시작했다. 그리너리(greenery)란 '녹색 나뭇잎'이라는 뜻이다. 이 단어가 본격적으로 화두가 된 것은 2017년의 팬톤 S/S 트렌드를 대표하는 컬러로 자연의 싱그러움을 가장 잘 보여 주는 녹색 '그리너리'가 선정되면서부터인 것 같다.

팬톤(PANTONE)은 미국의 세계적인 색채연구소이자 색상회사인데 트렌드에 민감한 패션계나 인테리어, 플라워 업계들은 매년 팬톤에서 어떤 색상을 선정하는지 눈여겨본다. 2017년에 선정되었던 색이 바로 봄에 피는 연한 푸른 새싹, '새로운 시작'과 '희망', '힐링'을 의미하는 그리너리다.

컬러테라피에서 녹색은 지친 심신에 기운을 북돋워 주는 색상으로 균형감, 편안함, 스트레스 해소 등의 효과가 있다고 알려져 있다. 그래서 주로 쉬는 공간이나 독서 공간 등에 많

언제까지나 우리의

이 사용된다. 자연의 대부분은 녹색으로 이루어져 있다. 주말에 교외로 나가 녹색이 많은 공간에 있으면 눈이 편안해진다거나 호흡이 적당히 느려진다거나 하는 것도 녹색이 주는 신비로움인 것 같다.

플로리스트로 일하다 보면, '꽃'은 비싸고 '그린 소재'(흔히 풀이라고 부르는)는 싸다고 생각하시는 분들이 많다는 것을 알게 된다. 하지만 실제로 그린 소재가 더 비싼 경우도 많다.

지금은 조금 달라졌지만, 예전에는 그린 소재보다 꽃에 대한 선호도가 더 높다 보니 그린 소재를 가득 써서 무언갈 만들어 볼 기회가 흔하지 않았다. 꽃으로 화려하게 공간을 꾸미거나 장식하는 것도 좋지만 자연 속에 들어와 있는 것처럼 온통 녹색 공간으로 꾸미는 것을 꼭 한번 해보고 싶었었다.

그러던 와중에 한 선박회사의 큰 행사를 맡게 되었다. '명명식'이라고 불리는 이 행사는 배를 만들어 건조하고 나면 그 배에 이름을 붙이고 기념하는 행사인데, 보통은 이러이러한 분위기를 내주었으면 좋겠다고 고객 쪽에서 제안을 하는 경우가 많다. 특이하게도 이번에 의뢰받은 명명식의 고객은 내가 먼저 제안을 해주기를 바랐다. 기회는 이때다 싶어 그동안 꼭 해보고 싶었던 '그리너리' 데커레이션을 제안했고, 쉽게 볼 수 없는 콘셉트에 호감을 가진 고객은 그렇게 하라고 동의해 주었다.

그날로 인터넷을 뒤지기 시작했다. 국내에는 참고할 만한 사례가 많지 않아 해외의 사례들을 검색해 대략적인 시안을 짜고 녹색의 잎들을 작업실이 넘칠 정도로 주문했다. 작업실에 들어오는 사람들이 여기가 숲속이냐며 깜짝 놀라던 기억이 난다.

바글바글 자잘한 흰 꽃이 귀여운 쥐똥나무부터, 잘린 나뭇가지 사이로 스미는 향이 은은한 떡갈나무, 커다란 잎이 매력적인 몬스테라, 알로카시아, 선이 멋진 곱슬나무, 그 외에도 다양한 그린 소재들을 이용해서 마치 커다란 자연 정원에 들어와 있는 것 같은 모습을 연출했다. 중간중간에는 초와 유리 장식품들을 두어 디테일도 살렸다.

이 작업을 하는 동안 우리의 주된 작업도구는 꽃가위보다는 톱이었다. 작업현장을 지켜보던 분들은 앞치마를 두른 여자들이 슬근슬근 톱질하는 모습에 눈이 동그래졌다.

행사 당일, 고객 쪽에서 행사장을 미리 확인하러 들어왔다. 첫선을 보이는 시간은 늘 긴장된다. 고객이 외국인인 데다가 처음 시도한 데코 스타일이라 더 그랬던 것 같다. 디스플레이가 어떠냐고 물어보고는 태연한 척했지만 속으로는 긴장하며 대답을 기다렸다. 그는 한참을 걸어 다니며 행사장 안을 둘러보더니 내 쪽을 보고 "Good job!" 하고는 엄지를 들어주었다. 그도 마음에 들었던 모양이다. 나중에 들어 보니 녹

몬스테라 / 수채

색이 많아서인지 그날 참석한 분들이 좀 더 편안한 분위기에서 행사를 즐길 수 있었다고 했다. 자연과 녹색의 힘이었다.

얼마 전에 유럽의 밀레니얼 세대들이 그린테리어(집에 식물로 인테리어를 하는 것)를 유행처럼 좋아한다는 기사를 읽었다. 집에 화분을 여러 개 두어 작은 숲속처럼 꾸미고 사진을 찍어 올리기도 하고, 홈가드닝을 시도하는 등 다양한 식물을 집 안으로 들여오기 시작한 것이다. 더불어 플랜테리어(그린테리어와 비슷한 말로 식물로 인테리어를 하는 것)라는 용어가 생기고, 보태니컬 아트(식물을 그리는 예술)가 유행하는 등 파생된 형태도 등장했다.

늘 바쁜 생활을 하는 현대인들에게 식물이 삭막하고 회색빛인 도시생활에서 탈출구처럼 느껴지기 때문인 것 같다. 아스팔트와 회색 건물이 가득한 도시에서 생활하고 있지만 사람도 자연의 일부이다. 생활 속에 풀잎 향을 넣어 릴렉스할 수 있는 환경, 그리너리 라이프를 즐겨 보았으면 좋겠다. 집 안도 꾸미면서 공기정화도 하고 마음까지 달래 주는 일석삼조 효과. 처음엔 '뭐, 식물 몇 개 있다고 생활이 달라지겠어?'라고 생각할지 모르지만, 어느새 그 식물과 함께 힐링하고 있는 자신을 발견하게 될 것이다.

언제까지나 우리의

에
필
로
그

/

인
사

/

꽃은 생명력이 정말 길다고 해도 2주 남짓이다. 대부분은 일주일 정도 살다 시든다. 때문에 그 자신의 의지와는 상관없이 줄기가 잘린 채로 내게 온 꽃을 대할 때면 이상한 책임감에 휩싸이곤 한다.

'비록 짧은 시간이지만 가장 빛나고, 멋지고, 예쁘게 보내다 가게 해줘야지.'

짧게 살다 가는데 뽐내 보지도 못하게 만들면 왠지 내가 미안할 것 같았다. 그래서 가장 어울릴 만한 친구들과 만나게 해주고, 그러면서도 각각의 꽃얼굴이 잘 드러나게 배치한다. 그리고서는 내 손에서 떠나보낸다.

아침저녁 출퇴근마다 하는 나만의 의식이 있다. 출근해서 처음 꽃을 만날 때 "안녕, 얘들아. 잘 있었니?" 하고 인사하고, 퇴근길에는 "내일 만나." 하고 인사를 전한다. 예쁜 꽃이 새로 들어오면, "꺄악~ 반가워!!" 하고 인사한다. 모르는 사람이 보면 정신 나간 여자처럼 보일지도 모르겠는데, 언젠가부터 그렇게 인사를 하는 것이 버릇이 되었다.

꽃을 설명할 때에도 "이 꽃은요…"라고 하지 않고, "이 아이는요…" 하고 설명한다. 나에게 꽃은 매일 얼굴을 마주하고, 대화하고, 마음을 주고받은 사람과 같다. 말하지 않아도 나를 온전히 받아 주고, 나도 그렇게 이해해 주며 삶의 한때를 같이 보내는 속 깊은 친구다.

나는 아무 날도 아닌 평범한 날 꽃을 많이 선물한다. 받을 사람의 성향을 생각하고, 그가 지금 처한 상황을 생각해 본 후 가장 알맞은 꽃을 고른다. 예를 들면 버거운 상황에 놓인 사람이라면 향으로 마음을 달랠 수 있게 은은한 향이 나는 스위트피를 선물한다든가, 가족을 생각하는 마음이 가득해 예뻤던 누군가에게는 색이 밝고 화려한 히아신스를 보낸다든가 하는 식으로 내 나름의 기준을 가지고 있다. 내 자식 같은 꽃들을 아무에게나 막 보낼 수는 없는 노릇 아닌가. 가장 필요한 누군가에게 가서, 활짝 웃으며 자신이 할 수 있는 마지막까지 자신을 드러내다 생을 마칠 수 있도록 하는 나만의 배려이며 의무이다.

그래서 나는 오늘도 내 손을 떠나는 꽃들에게 인사를 전한다.

플루메리아 / 아크릴

머물러 줘서 고마웠다고.

잘 가라고.

그곳에서도 잘 지내라고.

고마워요, 모두

나는 복이 참 많은 사람이다. 내가 살아가다 벽을 만났을 때, 나를 한 단계 더 위로 올라갈 수 있게, 내가 나로 살아갈 수 있게 지켜봐 주고 어떻게든 도와주려는 사람들이 내 곁엔 많다. 힘들거나 지칠 때, 삶에서 희망이 보이지 않을 것 같은 순간에도, 한 번 더 기운을 내게 해주는 꽃 같은 사람들이다. 그들 모두에게 한 명 한 명 감사를 드리고 싶다.

첫 번째로 사랑하는 우리 가족.

늘 엉뚱하고 무모한 선택을 하는 나에게 무조건적인 지지와 사랑을 보내 주는 내 삶의 원천. 이렇게 아름다운 가족이 있어서 얼마나 감사한지 모르겠다.

'세상을 변화시키고 싶다면 집으로 돌아가 가족을 돌보라' 했던 마더 테레사의 말처럼, 받은 사랑보다 더 많이 돌려주

는 사람이 되겠다고, 이 자릴 빌어 늘 고맙다는 인사를 하고
싶다.

　　그리고 나의 사랑하는 지인들.
　　유일한 나의 초등학교 동창생인 말이 필요 없는 이네,
　　엄청난 안정감으로 주변 사람들마저 편안하게 하는 기용,
　　벌써 13년 지기인 민지 언니,
　　대학원 때 만나 지금까지도 내겐 천재 같은 강진 언니,
　　우리 집 강아지들의 대모 서싸모와 김기니땡주,
　　호텔에서 몇 년 동안 동고동락한 나의 동료들과
　　나의 모든 이야기를 다 받아 내느라 귀가 쉴 날이 없을 봉봉,
　　늘 '언니가 최고'라며 언제나 내 편이 되어 주었던 우리
민디,

그리고 여행길에서 만난 많은 인연들,

늘 내 옆에서 힘이 되어 주시는 제2의 엄마 곽 반장님,

나에게 인생길의 지혜를 알려 주시는 우리 김진숙 여사님,

백지로 찾아간 나에게 사업을 가르쳐 주고 계시는 양 대표님, 크립톤 식구들, 그 외 여러 대표님들,

우연한 만남에 인연이 되어 마음이 괴로울 때 저 멀리 미국에서 자신의 시간을 기꺼이 내어 주신 임 대표님,

나와 같이 1년이라는 시간을 밀도 있게 보낸 연남동 클러스터 식구들,

당신들이 있었기에 내 삶이 풍요로울 수 있었다고 고개 숙여 감사하다는 인사를 전하고 싶다.

마지막으로 나에게 그림의 세계를 알려 주고 인내로 지켜

고마워요, 모두

봐 준 조쌤, 박쌤과 원고 작성에 허덕이던 불량 초보작가인 나를 독려하고 이해해 주신 엔터스코리아 박보영 팀장님과 양원근 대표님, 아무것도 모르는 초보작가에게 책을 낼 수 있게 기회를 주신 책이있는풍경 대표님께 기다려 주셔서 정말 감사했다고 인사드리고 싶다.

　이렇게 적어 내려가다 보니 아직도 감사할 사람이 많다. 지면이 좁아 모두에게 인사드리지 못하는 점 양해를 부탁드린다. 내 인생을 좀 더 쉽게, 웃음이 가득하게 천국으로 만들어 준 모든 분들께 나의 마음이 전해지길 바란다.

6th. APR
GORON ©